THOMAS MOORE

LALLA-ROOKH

POÈME

Traduit par J. THOMASSY

A L'IRLANDE!

PARIS

ERNEST LEROUX, EDITEUR

28, RUE BONAPARTE, 28

1887

LALLA-ROOKH

THOMAS MOORE

THOMAS MOORE

LALLA-ROOKH

POÈME

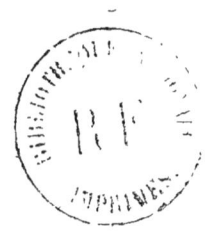

Traduit par J. THOMASSY

PARIS
ERNEST LEROUX, ÉDITEUR

28, RUE BONAPARTE, 28

1887

NOTICE BIOGRAPHIQUE

SUR THOMAS MOORE

Thomas Moore naquit à Dublin le 28 mai 1782, dans une petite maison d'épicerie d'*Aungier-Street-12*. Les Moore étaient originaires de *Leix*, un district de *Queen's-County*, touchant au comté de *Kildare* dans le *Leister*. C'était un clan illustre qui pendant plusieurs siècles avait combattu pour arrêter les déprédations des *Palesmen. Rory* ou Roger O Moore, un de leurs chefs, fut un grand patriote qui dirigea l'insurrection de 1641, et dont le nom est encore honoré dans le refrain du chant national :

Dieu et notre Dame et Rory O Moore.

La famille de Thomas était dans une condition très modeste et il n'apprit lui-même de quelle vaillante race il

1

était sorti que lorsque, ayant déjà acquis quelque renom,
ses parents du Kerry cherchèrent à renouer avec lui leurs
liens de parenté !

Son père, John Moore, vint de bonne heure à Dublin où
il se maria avec *Anastasia Codd*, fille de *Thomas Codd*, de
Corn-Market. La dot de sa femme lui permit l'acquisition
d'une maison dont il occupait le rez-de-chaussée où se
trouvait son magasin d'épicerie. Les époux économes
avaient loué le premier étage à un *gentleman* qui y recevait
(joyeuse) compagnie, et la légende veut que le futur barde
ait reçu le jour au moment où de bruyantes manifestations
de joie de l'étage supérieur se mêlaient aux plaintes arra-
chées à sa mère par les douleurs de l'enfantement.

Les Moore étaient catholiques, et sa mère eut grand
soin de son éducation religieuse que son père prenait
moins au sérieux. Le moment venu, le petit *Tom* fut envoyé
à une école de *Aungier-Street*, et bientôt après, chez le fameux *Samuel Whyte*, chez qui les hommes les plus remarquables de l'Irlande, de cette époque, entr'autres *Sheridan*
reçurent leur instruction. *Whyte* lui-même lui enseigna
l'anglais ; et, comme il trouva en lui de merveilleuses apti-
tudes, il lui fit prendre part aux divertissements littéraires
et aux représentations théâtrales très en vogue, alors, parmi
les familles nobles des environs de Dublin. — C'est là que
se développa ce goût pour la poésie et la musique qui
devait déterminer sa vocation.

Le bill de 1793, admettant les catholiques au service
civil et militaire et au droit de prendre leurs grades à

l'Université de Dublin sembla ouvrir au jeune Moore la carrière que ses parents lui souhaitaient. Il entra en 1794 au collège de la Trinité ; c'est là qu'il termina ses premières études, les poursuivant toujours avec un succès remarquable. Les événements politiques, auxquels il prit, si jeune encore, une part indirecte, eurent une grande influence sur son caractère, sur le développement de ses facultés, et, en somme, sur sa destinée d'homme et de poëte.

Il est difficile de donner une idée de l'état social et politique de l'Irlande, et particulièrement de la société catholique irlandaise à l'époque dont il s'agit. La défaite de l'insurrection de 1641 avait été suivie, à moins d'un demi-siècle de distance, de la victoire de Guillaume ; et, des lois pénales d'une incroyable férocité, ajoutant, alors, leurs horreurs à des lois pénales barbares, les vaincus avaient été soumis à des atrocités qui font pâlir les persécutions des Néron et des Dioclétien. — La profession de maître d'école ou de simple précepteur fut interdite aux catholiques sous les peines les plus graves. — Ce fut seulement en 1745, après la bataille de Fontenay, que lord Chesterfield permit l'ouverture des Eglises. En 1782, à la suite des résultats obtenus par le soulèvement des Etats-Unis, le droit d'ouvrir des écoles avec la permission du ministre protestant du diocèse fut accordé aux Catholiques, et cette restriction ne fut enlevée que par le bill de 1794. — Les lois relatives à la confiscation des biens des catholiques, la défense pour eux d'acquérir des terres à bail prolongé, leur exclusion des corporations, des conseils municipaux; leur bannissement des villes fortifiées, leur éloignement des grandes routes, la défense d'avoir un cheval d'une valeur de plus de 25 livres; afin de leur rendre impossible l'instruction et l'apprentissage de la plupart des métiers, voilà quelques traits qui aident à se représenter les conditions faites, au temps de la première jeunesse de Moore, à ses compatriotes.

Les dernières années qu'il passa au collège de la Trinité dûrent jeter quelques troubles dans ses convictions religieuses. Sa mère, ardente catholique, le soutenait dans sa foi, tandis que son père s'attachait à exalter son patriotisme, mais sans partager la ferveur religieuse de sa femme. Il aurait même désiré, quand son fils entra au collège, le faire enregistrer comme protestant, coutume en usage, alors même chez les catholiques, considérée comme formalité, et n'attirant pas sur ceux qui s'y conformaient le stigmate de l'apostasie.

Il y avait alors à peine vingt étudiants portés comme catholiques sur les registres de *Trinity College;* et il sembla humainement impossible que le jeune *Tom,* dans ce milieu protestant, ne se soit pas relâché de ses dévotions. Il raconte lui-même que dès la seconde année, il pria sa mère de ne plus l'obliger à se confesser.

Ainsi, une foi catholique sincère, mais que le cours des événements avait peut-être un peu ébranlée, un patriotisme que tout, jusqu'au dernier jour, devait contribuer à grandir et à exalter, voilà les deux traits qui résument, pour Thomas Moore, les impressions dominantes du premier âge, celles dont l'empreinte ineffaçable résiste au temps, et sert le mieux à expliquer l'homme à travers les épreuves de la vie.

La loyauté unie à une circonspection prudente, aida le jeune lauréat à se tirer d'un pas difficile lorsque le Chancelier *Fitzgibbon* fut chargé d'une enquête ayant pour but de connaître la part prise par les élèves de l'Université à la conspiration des *Irlandais unis*. Cette conspiration approchait alors de la crise finale qui devait aboutir à une insurrection cruellement réprimée. Robert Emmet et les autres chefs de cette société étaient des amis de John Moore, et comme ils cherchaient des adhérents parmi la jeunesse, Thomas fut initié à leurs projets; cela ressort clairement des articles de journaux où il exerçait pour la première fois sa verve d'écrivain. Ainsi, le 2 décembre 1897, il publiait dans la *presse* une adresse aux étudiants de *Trinity-College* où on remarquait ce passage:

« La Justice n'a-t-elle pas changé son épée pour le poignard de l'assassin? La haine du catholicisme et le serment de l'exterminer n'est-elle pas le seul sacrement de la religion établie? Le parjure et le meurtre n'ont-ils pas été légalisés? Devant les plus sanglants outrages, les soupirs et les plaintes des Irlandais ne sont-ils pas imputés à trahison? Le jury est-il autre chose qu'une farce ignoble jouée par des ivrognes? »

La religion de Thomas Moore lui fermant l'accès des carrières de l'Université, et les influences du foyer agissant sans cesse sur lui, il laissait s'exhaler son indignation; et on ne peut douter qu'il ne fut uni de tout cœur aux sentiments de ceux qu'il entendait maudire journellement les ennemis de leur liberté, les tyrans de leur foi et de leur conscience. Cependant, il n'avait pas pris de part active à la conspiration; et lorsqu'il comparut au tribunal de Fitzgibbon il eut soin, en se défendant, d'éviter toute parole imprudente, ce qui aurait pu nuire à ses amis.

Invité à prêter serment:

— Mylord, dit-il, j'ai une objection.

— Quelle objection? reprit Fitzgibbon, sévèrement.

— Je ne crains rien pour moi; mais je méprise le caractère de toute personne qui ne craindrait pas en pareille circonstance d'incriminer ses amis.

— Quel âge avez-vous, monsieur? répliqua Fitzgibbon.

— Entre 17 et 18 ans.

— Nous ne pouvons, dit le chancelier, vous autoriser à refuser le serment.

— Je le prêterai alors, dit Thomas; mais je ne répondrai à aucune question concernant tout autre que moi-même.

L'interrogatoire eut lieu dans ces conditions; et le futur poëte s'en tira tout à fait à son honneur. Lorsque l'insurrection éclata, étant malade, il se trouva dans l'impossibilité de combatre. Cela réduit à peu de chose le rôle qu'il joua comme conspirateur dans l'affranchissement de l'Irlande auquel il devait tant contribuer par ses chants.

Nous avons insisté sur ces débuts de Thomas parce qu'ils expliquent les sentiments qu'on trouve peints avec une énergie remarquable dans les meilleurs de ses écrits. La note dominante du barde Irlandais fut, partout et toujours, l'horreur du fanatisme et de la persécution religieuse.

En 1790, ses études à l'Université étant terminées, Thomas dit adieu à Dublin, et vint à Londres. Doué d'une gaieté entraînante, d'un caractère sympathique, menant de front ses études littéraires et sa vie mondaine, il eut bientôt d'illustres amis qui contribuèrent à ses premiers succès, et il ne tarda pas à se faire connaître par de nombreuses publications.

La traduction des Odes d'Anacréon qu'il fut autorisé à dédier au Prince de Galles, fut son début.

En 1803, sous le nom de *Thomas the younger*, il publia ses *Poëmes juvéniles*. Quelque temps après, l'amitié de lord Moira lui valut la place de secrétaire de l'amirauté, pour les Bermudes. Ces fonctions l'obligeant à aller visiter ces îles, ici se place un voyage qui le conduisit en Amérique où il visita le Canada et les Etats-Unis. A son retour, il publia ses impressions sur le Nouveau-Monde, dans un volume ayant pour titre *Epîtres, odes et poëmes*, dédié au comte de Moira, et qui parut en 1806.

Jeffrey, dans la *Revue d'Edimbourg*, fit de ce livre une critique sévère, et accusa Thomas d'être un corrupteur de la morale. Moore provoqua Jeffrey en duel ; mais le combat fut prévenu par les officiers de police, et les deux adversaires s'étant rapprochés et appréciés devinrent d'excellents amis. La liaison de Moore avec lord Byron eut la même origine. L'illustre poëte en 1809, dans ses *Bardes Anglais et Ecossais*, ayant rappelé cette aventure pour s'en moquer, Thomas Moore le provoqua aussi en duel, mais s'étant rencontrés, chez Samuel Rogers, les deux poëtes se réconcilièrent et une grande amitié, à partir de ce jour, les unit jusqu'à la mort.

En 1807, Moore avait commencé la publication des *Irish Mélodies, les Mélodies Irlandaises*, œuvre originale, son principal titre de gloire auprès de ses compatriotes.

Les *Mélodies* parurent à intervalles inégaux, entre 1807 et 1834, et occupèrent, par conséquent, la plus grande part de l'existence active de l'homme et du poëte. Elles furent publiées en dix parties, composées chacune de douze chants lyriques.

L'ancienne musique de l'Irlande de Bunting qu'il avait eu dans les mains en 1797, fut, comme il le dit lui-même, le principe de grand nombre de ses compositions.

Les *Mélodies* sont une œuvre nationale, d'un mérite incomparable; c'est le livre le plus populaire de la *verte Erin*. Le poëte est Irlandais, comme tous les sujets si variés qui l'ont inspiré. Irlandais, aussi, le grand compositeur Stevenson, dont la musique a vulgarisé ces mélodies, et les a portées au bout du monde, avec le flot de l'Emigration, de telle sorte qu'on peut dire que tant qu'il y aura des Irlandais, les *Mélodies* et *Thomas Moore* vivront.

Rapprochées de n'importe quelle composition lyrique nationale, les mélodies paraîtront supérieures. Sans doute, des odes, des légendes et des ballades ont été réunies chez presque tous les peuples anciens et modernes, du nord et du midi, de l'orient et de l'occident; mais jamais on n'avait réussi à donner, sous une telle forme, un corps à la vie sociale et privée, aux campagnes et aux cités, aux lacs et aux montagnes, aux gloires, aux traditions, aux épreuves, aux malheurs, aux espérances d'une nation. C'est l'existence tout entière de la race depuis les anciens jours qui est fixée par les *Mélodies* dans la mémoire de toutes les classes de la société.

Le barde national de l'Irlande nous fait penser au chansonnier de la Restauration dont les refrains gaulois préparaient à la même époque la révolution de 1830.

> Pour tous les coups tirés dans ton velours
> Combien ma muse a fabriqué de poudre

disait Béranger. Si l'on réfléchit que du jour où parurent les premières mélodies jusqu'en 1834 où leur publication fut achevée, l'Irlande obtint les principales réformes du régime d'oppression auquel elle était soumise, il sera impossible de douter de la part considérable qui revenait à Thomas Moore dans cette série d'améliorations.

L'amour propre national ne nous empêchera pas de reconnaître la différence des résultats. D'un côté un trône renversé par la violence, une famille régnante chassée, à laquelle succède la branche cadette de la même famille; mais ces faits n'amenant aucun changement notable dans l'état social; de l'autre côté, un peuple élevé progressivement de la servitude à la liberté, conquise par les revendi-

2

cations légitimes de l'éloquence, de la poésie, par l'amour
ardent du sol natal et l'inviolable attachement à une religion persécutée, renovation sociale accomplie sans révolution par la seule force de la justice et de la vérité. Ici doit
se borner le rapprochement entre les deux poëtes que leurs
chants ont rendu également populaires, en France et en
Irlande.

Pendant que Thomas Moore poursuivait la publication
de ses *Mélodies*, son talent donnait le jour à de nombreuses
productions littéraires, que nous devons nous contenter
d'énumérer pour dire, en finissant, quelques mots sur son
œuvre principale.

*Les Poëmes satiriques et humoristiques, la Famille Fudge à
Paris, les Amours des anges, les Fables de la sainte alliance, les
Mémoires du capitaine Rock*, les Biographies de *Sheridan*, de
Lord Russell, de *Lord Byron*, le rappelèrent successivement au
public. Tant d'œuvres d'un mérite inégal, où on retrouve
toujours l'âme ardente de l'Irlandais, suffiraient pour lui
assurer une place nouvelle dans la littérature anglaise. *Le
Voyage d'un gentleman Irlandais à la recherche d'une religion*
permet aussi de le ranger parmi les apologistes du catholicisme. La vie de *Lord Edward Fitzgerald* parut en 1831.
Deux éditions furent épuisées en peu de jours. Ce fut un
de ses ouvrages les plus populaires. On lui imputa des in-
tentions séditieuses ; mais il réfuta ces accusations dans une
préface remarquable. — « L'amour de la justice, de l'humanité et de la liberté, disait le *Times*, se fait jour, à chaque

ligne, malgré le reste d'ironie dont il recouvre ses émotions. »

La vie de Thomas Moore s'écoula en Angleterre, il fit cependant de nombreuses apparitions en Irlande, et il vint à Paris pour la première fois, en 1818, en compagnie de Samuel Rogers.

En 1819 il parcourut l'Italie et visita, à Venise, lord Byron, qui lui remit, au moment de leur séparation, une valise contenant un manuscrit, où étaient relatés les principaux évènements de son aventureuse existence.

En août 1835, Moore revint en Irlande pour assister au premier *meeting* tenu à Dublin par le *British association*.

Il y reçut l'hospitalité du Vice-Roi, dîna avec l'archevêque catholique de Dublin, l'aimable docteur Murray, et fut l'objet d'une éclatante ovation populaire. au théâtre Royal, où il parut, sur la scène, entre deux actes, et déclara, à la fin d'une brillante improvisation, qu'il acceptait, avec reconnaissance, le titre de *Barde national*.

Le dernier ouvrage de Thomas Moore est une histoire d'Irlande qui est restée inachevée. Comme il arrive souvent aux vétérans de la littérature, la vive intelligence du poëte irlandais s'obscurcit à la fin de ses jours. Souffrant de ce déclin rapide, qu'il ne pouvait se dissimuler, il se retira du monde, et s'éteignit doucement à *Stoperton-Cottage* le 26 février 1852. Lord John Russel, le biographe de Thomas Moore, assura qu'il mourut en catholique ainsi qu'il avait toujours vécu. Il fut l'ami de l'archevêque Murray, de l'archevêque Mac-Hale, du docteur Doyle, d'O'Connell et de tous les principaux catholiques de l'Irlande. En Angleterre, il avait également été honoré de la confiance du cardinal Wiseman et du docteur Lingard. Séparé par quelques années seulement, dans la naissance comme dans la mort du *Libérateur*, Thomas Moore est, comme O'Connell, un des plus glorieux enfants de la sympathique et catholique Irlande.

NOTICE SUR LALLA-ROOKH

L'œuvre dont nous livrons la traduction au public est le titre principal de Thomas Moore devant la postérité.

Les *Mélodies Irlandaises* et ses nombreuses poésies lyriques l'avaient déjà fait connaître lorsqu'il s'appliqua, dans toute la maturité de son génie, à la plus remarquable de ses productions.

Les négociations auxquelles donnèrent lieu l'effort suprême de sa muse, permettent de juger à quel degré de popularité il s'était élevé. Murray lui avait offert la direction d'une nouvelle revue, mais l'offre fut reprise parce que, répondit-il, la composition d'un grand poëme oriental l'absorbait entièrement. A cette nouvelle, les éditeurs se mirent en mouvement, et quelques jours après, M. Peray du *Morning-Chronicle* exprima dans une réunion l'avis que

Thomas Moore devait recevoir pour son poëme le prix le plus élevé qui eût encore été offert pour ce genre d'études. « Ce serait alors, trois mille guinées, répondit M. Longman. » — « Exactement, reprit M. Perry ; c'est bien la somme que Thomas Moore doit recevoir. » — L'éditeur fit l'objection qu'on n'avait pas encore vu une seule ligne, et qu'il était juste qu'on lui en montrât au moins quelques passages. Mais, sur les observations de Perry que la somme était un juste tribut à une réputation déjà acquise, l'éditeur se rendit avec une facilité qui témoignait en faveur de sa généreuse et intelligente confiance, non moins qu'en faveur du crédit et des talents du poëte. Le marché fut conclu, et Moore, jaloux d'en mériter tous les avantages, s'éloigna de Londres, et s'enferma dans un *cottage* du *Derbyshire*, où, entouré de tous les monuments de la littérature orientale, il put livrer après plusieurs années, à l'éditeur Longman, le travail promis.

Le poëme de Lalla-Rookh, dédié à Samuel Rogers, commencé en 1811 et terminé en 1816, ne fut publié qu'en 1817. — L'histoire de l'Irlande et l'esclavage qui pèse sur elle, les espérances et les angoisses du patriotisme sont les sources cachées mais les sources principales de l'inspiration des quatre poëmes dont l'œuvre se compose, et où revivent à chaque ligne, dans les régions lointaines de l'extrême Orient, les luttes religieuses et politiques de l'extrême Occident. — Le meilleur des quatre poëmes de Lalla-Rookh, *les Adorateurs du feu*, montre, dans les héroïques *Guèbres*, les infortunés Irlandais, livrés par la trahison à l'impitoyable

Moslem, en qui le lecteur est bien obligé de reconnaître la protestante Angleterre.

Le succès de Lalla-Rookh justifia pleinement la confiance de Perry et de Longman. Six mois après sa première publication, six éditions étaient épuisées. Comment un homme qui n'était jamais allé en Orient avait-il pu, si bien et si fidèlement, en décrire les splendeurs! Telle est la puissance de l'imagination dont le poëte Méry a renouvelé pour nous les merveilles dans Heva et d'autres délicieux romans, qui étonnent et ravissent les voyageurs par leur exactitude. Est-il vrai, disait le colonel Wells, l'historien de l'Inde anglaise, que Moore n'est jamais allé dans l'Inde? Jamais, lui répondit sir James Mackintosh. Alors, reprit le colonel, par un calembourg anglais, cela prouve qu'il est aussi bon de lire d'Herbelot que de monter à dos d'éléphant. *Reading d'Herbelot is as good as haviug ridden an elephant.*

Cependant, Lalla-Rookh n'est guère connu en France que de nom, et par l'opéra de Félicien David, dont le libretto n'a aucun rapport avec l'histoire de la fille d'Aurungzebe; il n'a été traduit qu'une seule fois en français, et incomplètement, par Mlle Louise Belloc. En vérité, ce modèle des contes orientaux nous a paru mériter un autre sort; c'est un chef-d'œuvre d'une si parfaite imitation qu'à son apparition les savants de l'Indoustan refusèrent de croire à une invention originale, et prétendirent que l'auteur avait découvert et traduit de vieux manuscrits arabes ou indiens.

Lalla-Rookh n'eut qu'un instant de vogue. C'était l'époque

où Byron étonnait le monde ; et Thomas Moore, son plus
fidèle ami, baissait volontiers pavillon devant la gloire du
chantre de *Childe-Harold*. Il y a de la modestie dans cet
effacement ; et une réparation est due au poëte irlandais.
S'il n'a pas l'envergure et la verve infernale de l'illustre
lord, sa poésie est du moins remplie de sentiments
élevés, d'enthousiasme généreux, d'un ardent amour de
tout ce qui est beau, et d'une foi indestructible dans ce qui
fait la grandeur de l'homme.

Par ses principes, sa méthode et son but, par la nature
des scènes qu'il nous décrit, du monde où il nous transporte, par ses qualités et ses défauts de style, le poëme de
Lalla-Rookh est aux antipodes de la littérature tapageuse du
jour dont elle se rapproche, cependant, par l'étude cons-
ciencieuse des détails, et la pratique de la couleur locale. Il
y a là matière à d'utiles comparaisons.

D'un autre côté, l'étude de l'Orient s'impose au monde
entier. L'ouverture du canal de Suez multiplie les relations
de l'Europe avec les populations asiatiques. — La Russie
et l'Angleterre, en présence sur les plateaux de l'Asie Cen-
trale, embrassent, dans leur rivalité, l'ensemble des pays
décrits par Thomas Moore. Le *Prophète du Khorassan, la Peri
et le Paradis, les Adorateurs du feu, la Lumière du Harem* nous
transportent en Egypte, en Syrie, en Perse, dans l'Inde,
dans le Turkestan, la Buckarie, l'Afghanistan.

Tout nous semble donc à propos, pour une publication
dédiée aux amis d'un peuple toujours cher à la France : la
malheureuse Irlande qui touche à la plus grande crise

qu'elle ait eu à subir depuis la conquête : crise dont le dé-
nouement sera, si nos vœux sont exaucés, et conforme
aux promesses des plus grands hommes d'État de l'Angleterre, l'autonomie, le respect des droits, l'indépendance
politique et la liberté religieuse.

J. Ty.

LALLA-ROOKH

ANS la onzième année du règne d'Aurungzèbe, Abdallah, roi de la petite Bucharie, un descendant direct du grand Gengis, ayant abdiqué, en faveur de son fils, fut en pèlerinage au tombeau du Prophète ; et, passant dans l'Inde à travers la délicieuse vallée de Cachemire, il s'arrêta pendant quelque temps à Delhi. Il y fut accueilli par Aurungzèbe, *dans le style* de la plus magnifique hospitalité, digne à la fois de l'hôte et du visiteur ; après quoi, il fut escorté avec la même splendeur, à Surat, où il s'embarqua pour l'Arabie.

Pendant le séjour du royal pèlerin à Delhi, le mariage de son fils avec la plus jeune des filles de l'Empereur, *Lalla-Rookh* [1], fut convenu. C'était une princesse dépeinte, par tous les poètes du temps, comme plus belle que *Leîla, Shirine, Dewilde,* ou une de ces héroïnes dont les noms et les amours embellissent les chants de la Perse et de l'Indoustan. On convint que les noces seraient célébrées à Cachemire, où le jeune

[1] Joue de tulipe.

roi, aussitôt que les soins de son Empire le lui permettraient, rencontrerait pour la première fois sa charmante fiancée, et d'où il la conduirait, après quelques mois de repos, dans cette vallée enchantée, sur les montagnes neigeuses de la Bucharie.

Le jour du départ de Lalla-Rookh fut aussi beau que pouvaient le faire l'éclat du soleil et le faste oriental. Les bazars et les bains étaient tout ornés des plus riches tapisseries ; des centaines de barques dorées flottaient sur la *Junna*, déployant au-dessus des eaux leurs brillantes bannières, pendant que des groupes de beaux enfants jonchaient les rues des plus délicieuses fleurs de la vallée, comme dans cette grande fête de la Perse appelée la jonchée des Roses (*the scattering of the Roses*), à tel point que toutes les parties de la ville étaient aussi embaumées que si une caravane chargée de musc de *Khoten* l'eût traversée. La princesse, ayant pris congé de son bon père, qui, au départ, suspendit à son cou une cornaline du *Yemen* sur laquelle était inscrit un verset du Koran, monta dans son palanquin et, pendant qu'Aurungzèbe, du haut de son balcon, échangeait avec elle un dernier regard, le cortège se dirigea lentement sur la route de Lahore.

Rarement le monde oriental avait vu un aussi superbe cortège. Des jardins des faubourgs au palais du Roi, c'était un étalage non interrompu de splendeurs. Les élégants costumes des rayas et seigneurs mongols, distingués par ces insignes de la faveur impériale : les plumes de l'aigrette de Cachemire à leur turban et les petites timbales d'argent au bas de leurs selles ; les riches armures de leurs cavaliers qui luttaient, en cette occasion, avec les gardes du grand *Kédar-Khan*, par l'éclat de leur hache d'arme en argent et la pesanteur de leurs masses d'or ; le scintillement des pommes de pin dorées des palanquins, les tapis brodés des éléphants portant sur leurs dos de petites tourelles semblables à de petits temples anciens, au-dedans desquelles les suivantes de Lalla-Rookh semblaient enchâssées ; les voiles roses de la somptueuse litière de la princesse en avant de laquelle une jeune et belle esclave était assise, pour l'éventer, à travers les rideaux, la gracieuse troupe de jeunes demoiselles d'honneur tartares et *cachemiriennes* envoyées par le jeune roi pour accompagner sa fiancée et qui

galopaient des deux côtés de la litière sur de petits chevaux arabes,
tout était brillant, de bon goût, magnifique et plaisait, même à l'en-
nuyeux critique *Fadladeen*, grand nazir ou chambellan du Harem, qui,
porté sur un palanquin, immédiatement après la princesse, ne se con-
sidérait pas comme le personnage le moins important de la cérémonie.

Fadladeen était un juge universel. De l'art de peindre les paupières
d'une Circassienne aux plus profondes questions de science et de littérature ; de la préparation des conserves de feuilles de roses, à la composition d'un poème épique, il prononçait sur tout, et telle était l'influence
de son opinion sur les diverses modes du jour que tous les cuisiniers et
poètes de Delhi le redoutaient. Sa conduite et ses opinions politiques
étaient réglées d'après le précepte de Sadi : « Si le prince dit, à midi,
qu'il fait nuit, déclarez que vous apercevez la lune et les étoiles ».
Quant à son zèle pour la religion dont Aurungzèbe était un magnifique
protecteur, il était aussi désintéressé que celui de l'orfèvre qui devint
amoureux des yeux de diamant de l'idole de *Jaghernaut*.

Pendant les premiers jours du voyage, *Lalla-Rookh*, qui avait passé sa
vie sous les ombrages des jardins royaux de Shalimar, trouva dans la
beauté des campagnes qu'on traversait un intérêt suffisant pour son
esprit et son imagination. Le soir, on s'éloignait de la grand route
vers quelques lieux retirés et romantiques, choisis pour le campement ;
quelquefois au bord d'un ruisseau, aussi clair que l'eau du lac des
Perles ; quelquefois sous les ombres sacrées de l'arbre des Banyans
(Banyan s-tree), d'où la vue s'ouvrait sur quelque clairière traversée par
des antilopes ; et souvent dans des lieux cachés par des bosquets charmants, mélancoliques et sûrs, où l'on n'avait pas d'autre voisinage que
les coqs de bruyères et les tourterelles. La princesse sentait à ces spectacles un charme si enivrant, si nouveau pour elle que pendant quelque temps elle fut indifférente à tout autre amusement. Mais *Lalla-
Rookh* était jeune ; et la jeunesse aime la variété. Ni la conversation de
ses suivantes, ni celle du grand chambellan Fadladeen (les seules per-
sonnes naturellement admises dans son pavillon) ne pouvaient suffisam-
ment remplir les heures qui n'étaient pas consacrées aux *coussins ou au*

palanquin. Il y avait une jeune esclave persane qui chantait agréablement sur la *Vina*, et qui, de temps en temps, la berçait avec de vieilles mélodies de son pays, disant les amours de *Wamak* et d'*Ezua*, de *Zal*, le beau chevelu, et de sa maîtresse *Rodhaver*, sans oublier le combat de *Rustam* avec le terrible *Démon-blanc*. D'autres fois, elle s'amusait à voir les danses gracieuses des jeunes filles de Delhi à qui les Brahmanes de la grande pagode avaient permis d'entrer à son service, au grand scandale du bon Musulman, *Fadladeen*, qui n'admettait pas que rien pût être agréable ou gracieux dans des idolâtres, et pour qui le seul tintement des anneaux d'or était une abomination.

Mais ces distractions et bien d'autres se renouvelèrent jusqu'à ce qu'elles eussent perdu leurs charmes ; et les nuits et les après-midi commencèrent à paraître bien longues lorsque enfin, on se souvint que, parmi les serviteurs envoyés par le fiancé, était un jeune poète de Cachemire, très célèbre dans la vallée par sa manière de réciter les histoires de l'Orient, et à qui son royal maître avait accordé le privilège d'être admis dans le pavillon de la Princesse, afin qu'il pût charmer les ennuis du voyage par quelques-uns de ses plus agréables récits. En entendant mentionner le poète, *Fadladeen* fronça ses sourcils de critique, et ayant rafraîchi ses facultés avec une dose de ce délicieux opium que distille le noir pavot de la Thébaïde, il ordonna que le ménestrel fut introduit.

La princesse, qui, une seule fois dans sa vie, cachée derrière les écrans en gaze de la salle de son père, avait vu un poète et conçu, d'après le spécimen, des idées peu favorables à cette caste, ne s'attendait pas à être intéressée par une nouvelle exhibition ; mais elle inclina à une autre opinion à la première apparition de *Féramorz*. C'était un jeune homme à peu près de l'âge de *Lalla-Rookh*, gracieux comme l'idole des femmes, *Crishna*[1], tel qu'il apparaît à leur jeune imagination, héroïque, beau, harmonieux jusque dans ses regards, et exaltant, jusqu'à l'amour, la religion de ses adorateurs. Ses vêtements étaient simples, mais évidemment d'un grand prix ; et les dames de la princesse

[1] L'Apollon Indien.

ne furent pas longues à découvrir que l'étoffe qui s'enroulait à son bonnet de Tartare était de la laine la plus délicate que fournissent les
chèvres du Thibet. Çà et là, sur sa veste brodée d'une ceinture de
Cashan, pendaient les cordons de perles fines disposées avec une
négligence étudiée, et les broderies exquises de ses sandales n'échappèrent pas à l'observation de ces belles dames, qui bien que le cédant
à *Fadladeen* sur les sujets sans importance de la religion et du gouvernement, avaient *l'esprit du martyre*[1] pour tout ce qui se rapportait aux
graves questions des joyaux et de la broderie.

Dans le but de remplir les intervalles du récit par de la musique, le
jeune Cachemirien tenait une guitare pareille à celle que, dans les
anciens temps, les jeunes filles arabes de l'Occident écoutaient, au
clair de lune, dans les jardins de l'Alhambra. Ayant annoncé avec
beaucoup d'humilité que l'histoire qu'il se disposait à conter se rapportait aux aventures de ce *Prophète voilé du Khorassan*, qui, dans l'année 163 de l'Hégire, répandit la terreur dans l'Empire Oriental, il fit
une salutation profonde à la princesse, et commença ainsi :

[1] On a conservé, autant que possible, dans cette traduction la tournure de phrase
anglaise et rendu mot à mot de nombreuses expressions dont l'équivalent n'existe
pas en français.

LE

PROPHÈTE VOILÉ DU KHORASSAN[1]

CHANT PREMIER

ANS cette délicieuse province du Soleil, la première des terres de la Perse qu'éclaire l'astre du jour, où les plus aimables enfants de ses rayons, les fleurs et les fruits, naissent sur tous les rivages, et où la plus belle des rivières, le *Murga*, serpente à travers les brillants palais et les jardins de Mérou, là, sur le trône où la foi aveugle de millions de croyants l'ont élevé, est assis le Prophète-Chef, le Grand Mokanna. Sur ses traits retombe le voile, le voile d'argent qu'il porte par pitié pour les mortels, cachant à leur vue son front éblouissant, jusqu'à ce que leurs yeux soient devenus capables d'en supporter l'éclat. Car, moins lumineux, disaient ses fidèles, étaient

---

[1] Khorassan, en vieux persan, signifie province ou région du Soleil.

les rayons miraculeusement tombés sur le visage de Moïse,
quand il se promenait au bas de la montagne, tout illuminé
de la présence de son Dieu !

Des deux côtés, avec des cœurs et des bras prêts à obéir,
se tient sa garde de courageux sectaires ; jeunes, aux yeux
brillants d'audace, tous croyant le sabre plus éloquent que
la parole pour la défense de leur foi, et, tous, enflammés
d'un tel zèle qu'à un signe du chef, aucun n'hésiterait à
faire de son propre cœur le fourreau de la lame qui brille
dans sa main !

En haine des couleurs noires du calife, leur costume est
tout entier de la blancheur de la neige. Quelques-uns,
équipés pour la course, sont armés des javelots de roseaux
légers du Katay ; ou d'arcs en corne de buffle et de brillants
carquois remplis de flèches formées des tiges qui croissent
sur les rives d'Iran. D'autres, préparés aux chocs les plus
redoutables de la guerre, portent la lourde et puissante
hache d'arme. Et toutes ces plumes, blanches comme le lait,
s'agitant aux rayons du matin, ressemblent à une forêt de
chênes, quand au souffle de l'hiver elle secoue la neige qui
couvre ses cîmes.

A travers les piliers de porphyre qui supportent la riche
corniche dorée, s'étendent, derrière des rideaux, les galeries
du Harem, d'où à travers la soie pour illuminer les pompes
du jour brille de temps en temps un regard pareil à l'éclair
soudain qui traverse les nuages d'automne. Quelle langue
impie, oh saintes fleurs ! laisserait soupçonner qu'une
autre puissance que le ciel vous a placées là, où que les
amours d'un monde passager retiennent dans leurs chaînes
grossières l'âme sublime de votre Prophète ? Pensée coupable ! choisies d'en haut pour peupler les bosquets de
l'Eden des formes de l'amour (créatures si belles que leurs

yeux terrestres seront encore leurs yeux en Paradis), elles couronnent l'élu de baisers qui ne perdront jamais leur charme ; et elles l'entourent des félicités du ciel !

Avec un art admirable a été rempli l'ordre du Prophète-Chef, et toutes les beautés des races qui vivent sous le soleil, depuis celles qui plient le genoux aux brûlantes fontaines de Brahma [1] jusqu'aux gracieuses nymphes qui bondissent sur les monts de Yemen, des yeux de la Perse remplis des doux rayons de la gazelle aux regards à moitié voilés du Kathay ; de l'éclatante blancheur de la Georgie aux sombres sourires d'Azab et aux boucles d'or des îles de l'Occident : toutes, toutes sont réunies et chaque terre a donné ses plus belles fleurs pour former ce ravissant bouquet de créatures célestes !

*

Mais pourquoi cette pompe ? Quel triomphe a réuni, au Divan, tant de turbans de toute couleur et de toute race, se courbant devant cette face redoutable et voilée, comme des couches de tulipes de formes et de couleurs différentes, au souffle invisible de l'Ouest ? Quel nouveau mystère, quel nouvel acte de foi à signer d'un sang pur et divin ; quelle trompeuse singerie du pouvoir, même de Dieu, l'audacieux Prophète médite-t-il aujourd'hui ?

De loin, s'avance un jeune guerrier à l'arc d'argent, à la ceinture de crêpe brodé, au bonnet fourré, de forme Bucharienne, fier et beau dans son attitude et ses regards, brillant comme la planète du dieu de la guerre dans un ciel d'été. Ce guerrier, prosélyte digne de hordes à la raison plus froide, aux sabres moins fanatiques, vient aujourd'hui re-

---

[1] Les fontaines brûlantes de Brahma, près Chittongong, sont sacrées.

joindre, tout pénétré de foi et de courage, l'étendard de l'armée du chef envoyé par le ciel.

Quoique jeune encore, l'Occident a déjà entendu parler de la gloire d'*Azim*. Devant les neiges du mont Olympe, avant que l'âge eût étendu sur sa joue un sombre duvet, atteint dans les combats, amené captif en Grèce, il vécut là, jusqu'à ce que la paix eut brisé ses chaînes. Oh! qui pourrait, même esclave, fouler ton sol, oh! Grèce glorieuse, et ne pas sentir l'esprit sublime dont tu es animée! Qui, ayant un cœur et des yeux, pourrait marcher où a passé la Liberté et ne pas reconnaître les traces brillantes du pied de la déesse, ne pas s'enivrer des souffles divins dont elle a rempli les airs et qui rappellent que son âme sublime a habité ces lieux? Oh! ce n'est pas lui, le jeune guerrier. — Trop bien, pour son repos, le charme l'avait pénétré; et, retournant dans sa patrie si chère, il était plein de ces rêves enthousiastes qui, vainement, remplissent les jeunes cœurs; orgueilleuses illusions de la race humaine, s'exaltant à la hauteur des dieux; vues décevantes de ces beaux horizons où le ciel et la terre *semblent*, hélas! se réunir et se confondre!

Aussitôt qu'il apprit qu'une armée divine s'était levée pour les droits des nations, et qu'il vit, sur la bannière blanche de *Mokanna,* ces mots brillants : Liberté au monde! sa foi, son épée, son âme, tout obéit au commandement inspiré; et toute épée, choisie pour combattre sous cette bannière sacrée, lui parut avoir un double tranchant pour ce monde et pour l'autre. Jamais la *Foi* n'étendit son bandeau sur des yeux plus volontairement aveugles! Jamais âme ne fut inspirée d'une confiance plus vivante dans ce qu'elle désirait, que l'âme de cet enthousiaste agenouillé là, dans une terreur pieuse, devant ce voile d'argent, devant cette forme qu'il croit celle d'un ange pur, d'un Rédempteur envoyé pour briser les chaînes de ce monde, le délivrer de la honte et de l'esclavage et le rétablir dans sa beauté et dans sa gloire.

En même temps qu'*Azim*, cette multitude, composée de toutes les nations de la terre, plia le genou et s'inclina, faisant vibrer tous les échos des cris longs et répétés d'*Allah*, pendant qu'au-dessus de la tête du Prophète cent bannières, déployées, flottaient au soleil! Alors le Prophète parla ainsi :

« Etranger! quoique nouvelle soit la forme que ton âme habite maintenant, j'ai suivi sa trace pendant des siècles nombreux à travers tous les changements de ton existence[1]. Ainsi que dans la course aux flambeaux, la jeunesse se passe de main en main, la torche enflammée, l'âme toujours vivante court rapidement d'une forme à l'autre, jusqu'à ce qu'elle arrive au but. Et ne crois pas que les esprits grossiers, formés d'un *peu de poussière* par le moyen de la terre, soient seuls soumis à ces changements. Des êtres divins daignent aussi briller dans une obscure mortalité. Telle était l'essence qui vivait dans Adam et que tout le ciel, à l'exception de l'*Orgueilleux*, adora ; telle l'intelligence sublime qui anima la forme de Moïse, et, de là, passant dans le cœur de bien des prophètes, brilla dans Jésus, brûla dans Mahomet, semblable à un fleuve qui, passant par mille détours et mille labyrinthes, se repose enfin tout entier dans un lac resplendissant de lumière; ainsi la même essence, calme, sainte et libre, dégagée de toute ombre, se concentra tout entière *en moi!* »

A ces paroles, des milliers de cris retentirent; les guer-

---

[1] La transmigration des âmes était une de ses doctrines. (V. d'Herbelot.)

riers tournaient vers le ciel les pointes de leurs épées; le
vent jouait dans les bannières déployées; et, derrière les
draperies persannes qui cachaient mal les beautés du Harem, de blanches mains furent vues, agitant des écharpes
brodées dont le mouvement dégageait des parfums semblables à ceux que répandent les houris, quand elles accueil-
lent le brave immortel, dans les célestes jardins !

« Mais ce sont là, continua le Prophète, des vérités
sublimes qui réclament une race plus sainte et des temps
plus calmes. Il faut que cette épée détruise la noire prison
de l'humanité, avant que la paix visite la terre et que la
vérité répande sa lumière sur un monde de péchés !

« Mais alors, guerriers célestes, alors, quand tous les
autels de la terre et tous les trônes seront tombés devant
notre bannière, quand l'esclave joyeux aura déposé à mes
pieds sa chaîne brisée, le tyran sa couronne, le prêtre son
livre, le conquérant ses trophées, et que, des lèvres de la
vérité, un souffle puissant aura, comme un ouragan, balayé
tous les mensonges humains, alors le règne de l'*Esprit* com-
mencera; et l'homme, s'élançant par une seconde naissance,
au soleil d'un nouveau printemps, marchera dans la lumière, comme une créature sainte; alors, votre Prophète
rejettera de son front angélique le voile qui vous en dérobe
les splendeurs; et la terre, réjouie, s'enivrera des délices de
sa présence ! »

*

La cérémonie est terminée; la multitude s'écoule, les
cœurs et l'ouïe encore émus des accents de cette voix puissante qui vibrait comme la voix même d'Allah ! Les jeunes,
tout éblouis de ces panaches et de ces lances, de ce trône
resplendissant, des regards à moitié voilés du Harem; les

vieux méditant le règne promis à l'avenir, règne de paix et de vérité; et toutes les femmes prêtes à *risquer leurs yeux* pour apercevoir, fut-ce un seul moment, l'éclat de ce front miraculeux!

Mais il en était une, parmi les jeunes filles élues qui se cachaient à l'ombre des draperies soyeuses de la galerie, une dont l'âme reçut un coup mortel des pompes de ce jour. Vous vîtes sa pâleur et son épouvante, vous, ses sœurs étonnées; et vous entendîtes l'exclamation qui s'échappa de ses lèvres, quand elle vit ce jeune guerrier, trop bien, trop chèrement connu, s'agenouiller silencieusement devant le trône du Prophète.

Ah! *Zélica*, il fut un temps où chacun de ses regards faisait briller la joie sur ton cœur; où le voir, l'entendre, respirer l'air où il vivait, était la seule et la plus chère *prière* de ton âme; où un enchantement perpétuel l'environnait! Trop heureux jours! S'il touchait une de tes fleurs ou un de tes joyaux, c'était, à l'instant même, chose sainte pour toi. Alors, chacun de ses accents, de ses gestes, de ses regards devenait les tiens; ta voix ressemblait à la sienne; les mouvements de son visage se reflétaient en toi avec une grâce plus aimable; ainsi l'écho, en renvoyant les sons harmonieux qui l'ont frappé, en double la douceur! Il vient, cependant; il vient, plus beau qu'il ne te parut jamais. Mais, hélas! son éclat redoutable t'apparaît comme celui d'un habitant d'un autre monde venant tenter ton âme coupable par les rêves de délices perdus, perdus depuis longtemps, mais qui n'ont jamais cessé d'affliger ta mémoire! Douloureuses visions! quand l'esprit de notre jeunesse nous visite pendant le sommeil, brillant de toute la pureté et de l'innocence d'autrefois, et nous ramène, avec une triste ironie, à nos premières années, pour nous faire voir, un instant, tous les rayons d'espérance et de paix qui se sont dissipés le long du chemin!

Autrefois, couple heureux! qui n'a pas entendu parler de leurs jeunes amours, dans les bois de l'orgueilleuse *Bokhara?*

Nés sur les bords de cet antique fleuve, qui, depuis sa source dans les montagnes noires, serpente à travers la *Buccharie* où il s'enrichit de mille ruisseaux, brille des débris vermeils de ses mines de rubis, se déverse à moitié dans la mer Caspienne, et achève de se perdre dans le lac des Aigles[1] : là, ils vécurent; et leur amour répandit sur leurs jeunes années un parfum pareil à celui des fleurs entr'ouvrant leur corolle aux rayons du matin.

Mais la guerre troubla cette vision; éloigné des yeux de sa bien-aimée, le jeune homme fut rejoindre les guerriers de la *Perse*, sur les montagnes de la *Thrace;* il échangea son foyer paisible et agreste pour la rude tente et les bruits redoutables des champs de bataille; les doux regards de sa *Zélica* pour les éclats du feu Grégeois; et les aimables chaînes de l'amour pour un esclavage cruel dans les plaines de *Byzance.*

Un mois succédant à un autre mois, et s'écoulant dans le veuvage de son âme, la jeune fille vit deux fois le soleil d'été emporter au loin ses rayons; mais combien sombres étaient les soleils, même d'été, quand il n'en goûtait pas la lumière avec elle. De temps en temps, de vagues rumeurs, murmurant le nom de son bien-aimé à l'agonie, arrivaient jusqu'à elle. A la fin, la triste nouvelle éclata sur son âme flétrie : *Azim* est mort!

Oh! douleur, supérieure à toutes les douleurs, quand, pour la première fois, le destin frappe un jeune cœur soli-

---

[1] L'Amou-Daria, qui traverse la Boucharie et se jette dans le lac d'Aral ou lac des Aigles.

taire et désolé l'abandonnant dans le vide de ce monde, privé du seul bien pour lequel il aimait à vivre, et craignait de mourir, délaissé, comme un luth, suspendu au haut d'un mur, qui n'a plus résonné depuis le triste jour où sa corde maîtresse a été brisée!

Tendre jeune fille! la douleur de son âme fut telle que sa raison s'éteignit à cet épouvantable choc; et quoique la santé, la beauté, toutes les vives couleurs de la jeunesse aient surmonté, après quelque temps, l'accablement de ses malheurs, la chaîne délicate de la pensée ne se renoua plus. Vive, aimable, séduisante, comme dans ses jours plus heureux, l'esprit était là, mais égaré; barque perdue, qui voit sa route éclairée par toutes les étoiles du ciel, excepté par celle qui lui servait de guide!

Tel était son pitoyable état quand elle fut rencontrée par la *Mission*, cette Mission qui, dans toutes les régions du monde oriental bénies par le sourire de la femme, cherche les plus belles, afin d'enrichir *la voie lactée* d'yeux et de lèvres que le *Prophète voilé* destine au ciel! Et comme une couche de feuilles d'automne desséchées accueille une étincelle emflammée, ainsi furent accueillis, de ce pauvre esprit égaré, les contes de ces enthousiastes. Elue du paradis! un zèle insensé s'empara de son âme. Oh! pensée ravissante, oh! bonheur! épouse prédestinée dans le séjour éternel de *quelque* jeune brave! Ah! osaient-ils dire *quelque*? non, mais d'*un*, *un seul* ayant laissé dans son cœur des traces trop profondes pour jamais être effacées; le seul dont l'image planait intacte, au milieu des ruines de l'intelligence!

Hélas! pauvre *Zélica*, il fallait tout l'égarement de ton imagination pour voir, dans ce Harem joyeux de brillantes jeunes filles, une sainte colonie de créatures célestes; ou

pour rêver que *lui*, dont les feux profanes te firent si vite
sa victime était venu, couronné de gloire, pour peupler les
chastes sphères du paradis d'âmes pareilles à la tienne!
Non, si le flambeau de la raison n'eût pas été complètement éteint, tu avais un talisman, qui t'aurait sauvée des
embûches du tentateur, en te gardant cette pureté dont la
moindre tache donne la mort à l'amour! Mais perdue dans
des ardeurs insensées, un zèle sans repos prit en elle la
place de la tranquille douceur de la vierge et de la grâce de
la femme. La première d'entre les favorites du Prophète,
orgueilleusement la première en charmes et en zèle. Trop
bien, l'imposteur sut nourrir le délire de son âme. Em-
brasant cette enveloppe jeune et luxuriante de feux dévo-
rants, il comprit que, par elle, une magie plus puissante
courberait mieux sous son sinistre joug, les esprits de
l'humanité, et les lierait de chaînes plus subtiles, même
que celles de l'enfer. Ni artifices, ni enchantements ne furent
épargnés, et il employa toute la science que ses démons
lui avaient enseignée à remplir son esprit tour à tour de
terreur et d'extase.

*

C'était après un brillant banquet, où les harmonies de la
poésie et de la musique, remplissant les airs, avaient peint
à la fois, au cœur et à l'oreille, les gloires de ce ciel, son
séjour prédestiné, où tout serait pur, séjour réalisant plus
que la jeunesse et l'amour ont jamais rêvé, où pour toujours, elle vivrait, dans des champs embaumés, à côté de
son *Azim;* c'était à la suite d'un spectacle, ainsi rempli par
les émotions les plus énivrantes, qu'il l'entraîna, palpitant
encore de bonheur, au fond d'un repaire éloigné, lugubre
ossuaire, où, à travers les épaisses vapeurs de mort qui les

enveloppaient, ils étaient guidés par les sinistres lueurs qui
se dégageaient des cadavres tombant en pourriture, comme
s'il avait eu le dessein de lui montrer à quelle sorte de joie
elle était réservée. Ils passaient entre des rangées de squelettes dressés devant la jeune fille brisée par l'épouvante. Et
ces morts, projetant sur elle des rayons cadavéreux, semblaient remuer les lèvres, en murmurant des mots étranges.
Là, dans ce lieu terrible, après qu'ils eurent, l'un et l'autre,
bu, à longs traits et en silence, un horrible breuvage, oh!
la vue et le goût de cette coupe ensanglantée la suivra jusqu'à son dernier soupir ! Là, elle enchaîna son âme par un
serment effroyable, exprimé dans le langage même de l'Enfer. Jamais, tant que cette terre réclamerait sa mystique
présence, tant que la voûte azurée serait suspendue sur sa
tête, jamais, par les imprécations les plus horribles, dans la
joie ou dans la peine, elle ne se séparerait de lui ! Elle jura ;
et les échos de l'abîme lugubre répétèrent : Jamais jamais !

A partir de cette heure, elle se donna à lui, entièrement,
aveuglément, pensant, la pauvre jeune fille, se donner au
ciel même. Avec quel orgueil elle se redressa quand elle
s'entendit, en plein Harem, nommer *Prêtresse de la Foi* !
Comme ses yeux brillèrent d'une lumière, hélas ! non venue
du ciel, quand autour d'elle, dans des tressaillements à peine
inférieurs aux siens, elle vit le Harem tout entier tomber à
ses genoux et l'adorer !

Et *Mokanna* pouvait bien croire que cette femme sublime avait assez d'enchantements pour le rendre maître
du monde : des membres légers, charmants, souples, aériens
comme ceux du jeune oiseau essayant ses ailes, et qui bondit de tige en tige ; des lèvres où l'âme, quand elle souriait
se perdait dans un labyrinthe de roses ! des couleurs rapides,
apparaissant furtives, comme le météore inattendu qui tra-

verse tout à coup les splendeurs du firmament! Et puis, ce
regard! oh! quel cœur assez sage pour résister à ces yeux
incomparables? Vifs, inquiets, étranges, ravissants, autrefois, comme ceux des anges avant leur chute; voilés, maintenant, des ombres de la terre; mais traversés par des
éclairs de ce ciel que son cœur avait perdu! Chacun de ses
regrets annonçait une âme belle, mais troublée, où brillait
la sensibilité comme brille l'éclair sur les ruines qu'il a
faites!

Telle était, maintenant, la jeune Zélica, bien différente de
celle qui faisait les délices des bois d'amandiers sur les
rives de *Bokhara*, toute vie et bonheur, avec Azim à ses
côtés! Et quel changement s'opéra en elle, lorsque, dans ce
jour de fête, au milieu des éblouissements et des pompes
du Divan, elle vit la vision de sa jeunesse, celui qu'elle
avait aimé et pleuré comme mort, son bel *Azim*, apparaître
à ses yeux ravis, si beau qu'elle pensa qu'à moitié chemin
de l'Eden, il était revenu sur la terre, éclairé de la lumière
de son nouveau séjour!

Oh! raison, qui dira comment se renouvelle ton pouvoir,
quand nous ressaisissons le fil rompu de ton écheveau,
quand se réveille, soudain, dans la magie de la mémoire,
une idée claire, l'obscurité continuant à régner sur tout le
reste! Ainsi en fut-il avec toi, malheureuse jeune fille! La
lumière vint; mais elle ne vint qu'en partie, assez pour te
montrer le dédale où les sens t'avaient égarée, pas assez
pour t'en retirer; assez pour te faire voir la vague entr'ouverte, mais non pour éclairer ta route vers le port du salut;
les heures de délices et de paix, laissées loin en arrière,
apparurent à son esprit; mais, hélas! penser en même temps
combien profondément l'âme était descendue dans le mensonge et dans la honte! — Et puis, son serment! Alors, la

folie revint ; tremblante, elle s'enfonça de nouveau dans sa noire *prison mentale*, comme heureuse de fuir un soleil dont tous les rayons étaient une agonie ! Cependant, ce retour sur les anciennes années lui apporta un soulagement mêlé de peine ; et des larmes, des larmes longtemps retenues, concentrées au cœur, s'échappèrent à flots ; ainsi les ruisseaux, que l'hiver retient sur les montagnes neigeuses, s'échappent au printemps de leur prison de glace et viennent réjouir la vallée qui les appelle depuis longtemps !

*

Triste et résignée, pour la première fois tout son corps frissonna d'horreur quand arriva l'ordre (un ordre rare, dont toutes étaient fières, qu'elle-même, jusqu'à ce jour, avait reçu avec extase) d'aller trouver *Mokanna* en son lieu de prières : — un jardin oratoire, frais et beau, situé sur les bords d'un ruisseau où, au coucher du soleil, le Prophète voilé se retirait pour prier, seul quelquefois, plus souvent avec une de ses nymphes, qu'il désignait pour l'unir à ses oraisons.

Dernièrement encore, nulle n'accueillait mieux cette faveur que la jeune prêtresse ! En vain, depuis la nuit où les échos de la caverne sépulcrale avaient répété le serment horrible, l'imposteur, sûr de son empire, avait plus d'une fois mis de côté le déguisement de son âme ; le zèle, l'ambition, un vœu redoutable l'enchaînaient, et elle était toujours visitée du désir de voir ce front éblouissant dont l'éclat, caché à tous les yeux des mortels, lui serait bientôt révélé, et révélé à elle seule ! Plus que cela, l'espoir si doux la soutenait, l'espoir que la transgression ici n'était qu'un passage à travers les jeux grossiers de la terre, d'où son esprit se dégagerait bientôt, pour trouver accès au ciel, et que, lorsque son *Azim*, oh ! embrassement divin, la presserait sur son cœur, pas une tache n'obscurcirait le sein de sa bien-aimée. Telles étaient les illusions décevantes au moyen desquelles le tentateur avait enchaîné son âme, et lui avait fait trouver de la douceur, même dans les mensonges d'un damné. Cependant, l'image qu'elle a revue aujourd'hui semble avoir arrêté sa folie en pleine carrière. Ainsi dans les mers du Nord, pendant la nuit obscure, une île de glace rencontre un navire lancé dans une course rapide, et, le précipitant dans l'abîme, fait d'un seul coup passer les malheureux du sommeil à la mort ; telle fut la rencontre de Zélica avec cette forme qui a frappé sa vue ; sa folie elle-même ne put supporter le choc, et tant de souvenirs, longtemps assoupis, ne se réveillèrent dans son âme que pour la plonger dans le désespoir !

✳

Blême et abattue, elle s'avançait lentement à travers l'obscurité, vers le petit kiosque où, méditant ses desseins impies, *Mokanna* l'attendait. Trop livré aux rêves de la riche moisson de succès qui mûrissait pour l'avenir, il ne pouvait apercevoir la profonde douleur qui courbait le front de sa victime, ou remarquer la lenteur, le changement de sa démarche ; combien elle était différente de l'alerte et ardente prêtresse qui accourait, légère, de la vive *Zélica*, dont tout regard, toute pensée était un ravissement !

Mokanna le voilé était étendu sur sa couche. Les lampes répandaient autour de lui leur clarté, non comme celles qui prêtent leur froide lumière aux croyants faisant, de nuit, leurs prières dans la sainte Koom (*a*), ou sous les sombres piliers de la Mecque, mais brillantes et douces, comme les

aiment les belles jeunes filles, pour relever l'éclat de leur
beauté, jetant des lueurs voluptueuses sur le blanc et mystique voile qu'elles faisaient resplendir. A ses côtés, au lieu
des chapelets et des livres de prière, sur lesquels un vulgaire
abusé le croit courbé, sont des vases remplis du vin doré
de *Kishmee* (*b*) et les larmes rouges des vignes de *Shiraz*,
dont ses lèvres voilées s'approchent souvent avec ardeur,
comme si chaque goutte, semblable à celles de la source de
sainteté de *zemzem* (*c*), avaient le pouvoir de rafraîchir et de
faire refleurir les vertus de son âme ! Et il buvait toujours,
et il méditait; et sa rêverie profonde ne lui permettait pas
de voir la jeune fille qui s'approchait. Enfin, avec un éclat
de rire diabolique, comme celui qui s'échappa des lèvres
d'*Eblis* à la chute de l'homme, il parla :

« Oui, race vile, donnée pour servir de jouet à l'enfer;
trop méprisable pour la terre et qui ose prétendre au ciel !
Images de Dieu; en vérité ! Dieux semblables à celui qu'a-
dore l'Inde : la divinité singe (*d*), oui, êtres qui n'avez que
le souffle, orgueilleuses choses de boue à qui *Lucifer*,
comme disent les grand'mères, refusa de rendre hommage,
même au prix de la lumière céleste; Lucifer avait raison !
Bientôt je planterai mon pied sur ton cou, race vile; et sans
peur, triomphant dans ma haine, je vengerai ma honte
et le profond mépris que je nourris, depuis si longtemps,
pour l'homme. Bientôt, à la tête de myriades aveugles et
féroces comme des faucons chaperonnés, je balayerai à travers l'univers ma sombre route de désolation, faisant du
faible mon instrument et du coupable ma proie! Oui,
sages, savants, qui suivez en tâtonnant votre route obscure, dans la lueur des siècles passés, comme ces voleurs
superstitieux qui croient que la moelle des cadavres donne

la meilleure lumière pour guider pendant la nuit (*e*), sages,
vous aurez honneurs et richesses. Je connais, graves insen-
sés, le néant de votre sagesse. Elle peut, au loin, suivre
dans l'ombre la marche des sphères étoilées ; mais, ici, un
bâton doré peut la conduire elle-même. De quel rire je
rugirai, quand, célébré dans tous les chants et dans toutes
les langues par ces esclaves instruits, les plus misérables de
tous ; leurs âmes achetées, leur sagesse abaissée, la pointe
d'un sceptre suffira pour les dompter ! Oui, croyants de
dogmes incroyables, dont la foi met sur les autels les
monstres dont elle se nourrit; qui, plus hardis même que
Nemrod, croyez, en entassant mensonges sur mensonges,
atteindre les cieux; vous aurez des miracles, oui, des
miracles fameux, vus, entendus, attestés, tout, excepté
vrais. Vos prédicateurs, trop inspirés pour chercher le sens
des choses dont ils parlent ; vos martyrs, prêts à verser
leur sang pour des vérités trop célestes pour être com-
prises; et vos prêtres d'état, vendeurs patentés de la science
qui opère le salut comme sur les rivages d'*Ava*, les prêtres,
seuls, ont le droit de commercer avec le marbre dont sont
fabriqués les dieux. Vous aurez des mystères; aussi, oui,
précieuse matière pour réussir auprès des fripons ; des
mystères : des doctrines embrouillées, obscures autant que
la fraude pourra en tisser la trame; que le simple croyant
recevra en toute confiance, que le plus habile feindra de
croire. Et vous aurez, aussi, un ciel, oh ! seigneurs de la
poussière ! un paradis splendide : âmes pures, vous le mé-
ritez. C'est un mauvais prophète, celui qui, pour soutenir
sa mission sainte, ne sait pas trouver un paradis accom-
modé à tous les goûts. Des houris pour les enfants, l'om-
niscience pour les sages : oui, créatures vaines. Suivant
que l'inspirent la chair et la vanité, le ciel est pour chacun,

la chose qu'il désire; et âme ou sens, quel que soit son but, l'homme sera l'homme, toute l'éternité; aussi, Eblis, tout en le maudissant. Laissez-le ce qu'il est; l'enfer ne ferait pas pire ! »

— « Oh! ma pauvre âme perdue! » s'écria la jeune fille frissonnant de la. tête aux pieds, car elle avait bu comme poison tout ce qu'il avait dit. — Mokanna tressaillit, sans honte et sans peur. La peur, il ne la connaissait pas davantage que les habitants des tropiques ne connaissent les glaces du pôle! mais ces mots, arrachés par l'épouvante et qui avaient frappé son oreille : *Oh! mon âme perdue!* résonnait d'un son si douloureux, si nouveau, que lui-même en fut surpris.

— « Ah! ma belle prêtresse! dit-il, l'accueillant avec sa fourberie accoutumée, toi qui as, dans les rayons et les roses de ton sourire, des inspirations supérieures aux espérances des enthousiastes, aux visions des prophètes! Lumière de la Foi! toi, qui unis le zèle de la religion aux charmes de l'amour, si bien que les hommes, dans le ravissement de leurs cœurs, ne savent si le but de leurs ardents désirs est le ciel que tu prêches ou le ciel que tu es! Que serai-je sans toi? Sans toi, la puissance serait un ennui; la victoire serait sans joie. Bien que né parmi les anges, si ton sourire n'embellissait ma bannière, elle ne serait qu'à moitié divine. Mais, pourquoi cette tristesse, enfant? ces yeux dont l'éclat était si vif, la nuit dernière, leur gloire s'est-elle évanouie? Viens, viens, la fatigue de ce matin l'a éclipsée : il faut la ranimer. Les soleils eux-mêmes finiraient par s'éteindre, si les comètes accourant de la source de la lumière, ainsi que je le fais pour toi, ne leur apportaient de nouvelles flammes!

« Tu vois cette coupe, ce n'est point un liquide terrestre ;
qu'elle contient, ce sont les eaux des plus pures sphères
supérieures où les ruisseaux, en courant sur des lits de
topazes et de rubis, ravissent leurs couleurs à ces brillantes
pierres. Mes génies sont venus, cette nuit, en remplir ces
urnes. Ne crains pas ; bois ; chaque goutte de cette essence
de vie emflammera ton âme, et rendra à tes yeux tout leur
éclat. Viens, viens ; j'ai besoin, cette nuit, de tes plus doux
sourires. Il y a un jeune homme... Pourquoi ce trouble ?
tu l'as donc vu ? Eh bien ! n'a-t-il pas un aspect sublime ?
Il est pareil à ces êtres divins dont l'amour te doit ravir dans
les bosquets célestes. Bien qu'il ait, je le crains, des pensées
trop sévères pour l'amour, et qu'il soit trop soumis à ce
glacial ennemi du bonheur que le monde appelle vertu,
nous devons en faire la conquête. Non ; pas d'émotions.
Enfant ! ce n'est pas à toi de sonder les mystères du ciel.
L'acier doit être éprouvé par le feu avant de devenir un instrument utile, en de puissantes mains. Cette nuit même, je
veux essayer ce que peut la beauté sur le cœur de ce guerrier. Tout ce que mon Harem renferme d'esprit, d'adresse,
les charmes les plus exquis tenteront l'enfant. La jeune
Mirzala aux yeux doux, dont la paupière close ressemble à
de la neige reposant sur des violettes ; les joues d'*Arouya*,
chaudes comme un soleil de printemps, dont les lèvres
ont la magie du sceau de Salomon ; le luth de *Zéba* et les
pieds de *Lilla,* qui brillent rapides comme le blanc oiseau
de mer s'enfuyant sur l'abîme ! toutes uniront la magie
de leurs séductions pour amener le cœur de mon nouveau
disciple à cet état de doux ravissement qui est le péristyle
du ciel, pour le plonger dans cette fusion de l'âme, cet
amollissement où la religion met plus facilement l'empreinte de son image. Mais écoute, ma prêtesse ! bien que

toutes ces nymphes aient chacune leurs charmes, quelque
moyen particulier de plaire, quelque manière de regarder,
de marcher dont leur miroir leur a révélé le secret, il n'en
est *qu'une* cependant qui peut assurer la victoire, une dont
le regard est irrésistible, dont la beauté concentre tous
ses rayons dans la dévorante lentille de l'amour, dont les
gentilles lèvres persuadent sans dire un mot, dont les
mots, même insignifiants, ravissent, comme ces soupirs
inarticulés tombés d'un autel et que notre foi, sans les
comprendre, proclame divins! Telle est la nymphe qu'il
nous faut, toute chaleur et lumière, l'enchanteresse qui
doit triompher du héros; et cette enchanteresse, c'est toi! »

✶

Les mains jointes, les lèvres pâles et entr'ouvertes, debout, les yeux fixés sur le voile mystique, la jeune fille
écoutait ces paroles, semblables aux vents du Sud enlevant
aux fleurs de *Kersah* leurs miasmes pestilentiels, ces paroles prononcées avec tant d'audace, comme si tout souci
de la vertueuse indignation avait fui, et que le misérable
fût sûr que cette âme féminine, une fois séduite, ne s'ar-
rêterait plus dans le péché!

D'abord, elle avait écouté en silence, et il lui semblait
que tout ce qu'elle entendait était un rêve, et son esprit
affaibli ne pouvait saisir qu'à moitié la trame de l'infâme
dessein; mais quand ces mots furent prononcés : « C'est
toi! » tout s'éclaira, et elle s'écria avec horreur :

— « Oh! non, pour des univers! Grand Dieu, devant qui
autrefois, je me suis prosternée, innocente, est-ce là mon
destin ? Tous mes rêves, toutes mes espérances de bonheur
céleste, ma pureté, mon honneur, en sont-ils venus là, que

je vive, jouet d'un démon, instrument de ses crimes! Oh!
infamie! et que, tombée, moi-même au fond des enfers,
je désire y en entraîner d'autres! D'autres? Ah! oui, ce jeune
guerrier qui est venu aujourd'hui, ce n'est pas celui que
j'aimais? Oh, dis-le, jure-moi seulement que ce n'est pas lui,
et je te servirai, noir démon, et je t'adorerai! »

— « Prends garde, chair à corbeau (*young raven thing*),
prends garde, et ne dis pas ce que je ne puis supporter
même de tes lèvres. Va, prends ton luth et ta voix; l'enfant doit en sentir la magie. Je me réjouis de voir ces feux
illuminer encore les yeux de ma belle prêtresse; et puisse
le jeune homme que ces yeux auront bientôt embrasé res-
sembler à ton amant mort! Plus heureux, ainsi, te paraîtra
ton destin, car un amant ardent, plein de sang et de vie,
vaut mieux que dix mille couchés, froids, dans la tombe.
Non, non, pas de froncements, chère! ces yeux sont faits
pour exprimer l'amour, non la colère. Je veux être obéi. »

— « Obéi? oui, je mérite cela. Sur moi la vengeance du
ciel ne peut trop lourdement tomber. Mais *Azim*, brave,
beau, fidèle, doit-il se perdre, aussi? Doit-il, glorieux
comme il est, être entraîné, renégat de l'amour et du ciel!
Remplissez jusqu'au bord vos coupes infernales, oh! démons! vos sortilèges n'auront pas de charmes pour lui!
Malheureuse comme je suis, je règne encore sur son cœur.
Il est pur et sans tache, tel que lorsque nous nous sommes
vus pour la première fois. Oh! qu'il ne sache jamais à quel
degré d'infamie est descendu le front qu'il embrassa en partant. Je fuirai, bien loin, dans quelque terre obscure, où
jamais ne pénétrera la clarté du soleil, où je pourrai vieillir
et mourir, inconnue! Et toi, homme maudit ou démon,
qui que tu sois, qui as trouvé dans mon cœur cette plaie
si profonde, et qui l'as entr'ouverte si cruellement, pour

mon corps et mon âme, avec un art infernal, jusqu'à me rendre un objet de dégoût, une peste d'horreur, si, quand je serai partie.... »

— « Tais-toi, folle insolente, — ne tente pas ma rage. — Par le ciel ! l'oiseau qui joue, d'une aile agaçante, dans la mâchoire du crocodile, n'est pas plus hardi ! (ƒ) Ainsi, tu me fuiras ? En vérité ! Quoi ! abandonner ton chaste empire du Harem, où, moitié à l'amour, moitié à Allah, tantôt sainte, tantôt maîtresse, tu es, comme la tombe de Médine, suspendue entre l'enfer et le ciel ! tu veux fuir ?

« Aussi aisément l'oiseau peut fuir le serpent qui a, une fois, fixé les yeux sur lui, aussi aisément la proie s'arrache-t-elle aux plis du filet qui l'enlace étroitement. Non, non, ton sort est fixé ; tu es mienne, jusqu'à la mort ; jusqu'à la mort épouse de Mokanna ! As-tu oublié ton serment ? »

A cette parole terrible, la jeune fille recula en chancelant, pâle, comme si une vapeur empoisonnée était contenue dans le souffle qui l'avait proférée !

— « Mon épouse jurée ! (*Mi sworn bride !*) Que d'autres établissent dans les bosquets leur chambre nuptiale ; la nôtre fut une voûte sépulcrale ; au lieu de parfums, les riches vapeurs d'une douce mortalité nous enveloppèrent ; et, pour hôtes, nous eûmes une belle rangée de squelettes, esprits immortels sans doute dans leur temps, sortant de leur noir linceul pour nous contempler ! Ce serment, tu entendis d'autres lèvres que les tiennes le répéter. Cette coupe, — cette coupe était-elle douce ? Cette coupe, où nous avons bu ensemble le vin du sépulcre, t'a attachée à moi, tout entière, corps et âme, par des chaînes qui ne seraient pas brisées, même par toutes les puissances de l'enfer ! Ainsi, femme ! au Harem, tout de suite ! Sois gaie ; sois brillante, étrange, tout, excepté triste. Reste un instant encore ! D'après ce qui vient de se passer, je vois que tu me connais, maintenant ; que tu me connais *bien.* Ha ! ha ! ainsi pauvre folle, tu me croyais sincère ; tu croyais que j'aime l'humanité ! Je l'aime, oui, comme ma victime ! je l'aime comme le chien de mer aime les poissons qui flottent autour de lui, comme l'oiseau du Nil aime la vase qui lui donne l'aliment vénimeux dont il se nourrit. Et, maintenant, tu vois la couleur de mon âme angélique ! Ces traits ont trop longtemps été voilés pour toi. Ce front dont l'éclat, la lumière, rare et céleste, a été réservé pour ravir ta vue favorisée, ces yeux éblouissants devant lesquels tu vois l'homme immortel tomber à genoux, en tremblant, je voudrais, pour son salut, qu'ils eussent l'éclat de la foudre ! Mais, tourne-toi et regarde. Puis, sois étonnée, si tu veux, de ma haine et de ma rage à me venger, par tous les maux possibles, sur cette race dont les enfants, plus vils que ceux des guenons, sont encore des demi-dieux auprès de moi ! Là, tiens ; juge si l'enfer, même, peut, avec tout son pouvoir, ajouter une malédiction à l'horrible chose que je suis ! »

Il dit et lève son voile ; la jeune fille se tourne lentement, regarde, pousse un cri et tombe, renversée, sur le sol !

À leur arrivée, la nuit suivante, à la place de campement, ils furent surpris et charmés de trouver tous les bois environnants illuminés; quelques artistes de *Yamtcheou* ayant été envoyés là, dans ce dessein. De chaque côté de la verte allée qui conduisait au pavillon royal, étaient élevés des ouvrages de bambou représentant des arches, des minarets, des tours où étaient suspendus des milliers de lanternes de soie, peintes par les plus habiles pinceaux de Canton. Rien de plus beau que les feuilles des mangotiers et des acacia, brillant à la clarté de l'illumination des bambous, qui projetait au loin des lueurs douces comme les nuits du Péristan.

Lalla-Rookh, cependant, qui était trop occupée de la mélancolique histoire de *Zélica* et de son amant, pour penser à autre chose, passa rapidement à travers cette scène de splendeur, et entra dans son pavillon à la grande mortification des pauvres artistes de *Yamtcheou*; et elle y fut suivie par le grand chambellan qui maudissait l'ancien mandarin, dont l'amour paternel en éclairant les rivages du lac où sa fille bien-aimée s'était autrefois égarée et même perdue, est devenu l'origine de ces fantastiques illuminations chinoises.

Le jeune *Féramorz* fut introduit sans délai, et Fadladeen, qui ne pouvait jamais fixer son opinion sur les mérites d'un poète, sans savoir à quelle secte religieuse il appartenait, lui demandait déjà s'il était *shiite* ou *soonite*, lorsque *Lalla-Rookh* frappa les mains avec impatience, pour réclamer le silence; et le jeune homme s'étant assis sur un coussin auprès d'elle continua comme il suit :

CHANT II

PRÉPARE ton âme, jeune Azim ; tu as bravé les bandes de la Grèce, puissantes encore, quoique esclaves ; tu as défié la phalange macédonienne armée de toute sa gloire, de sa pique, de ses globes de feu ! Tu as affronté tous les dangers, d'un cœur ferme et le front haut. Mais une plus périlleuse épreuve t'attend ! une éblouissante armée venue de tous les lieux de la terre, où la femme sourit ou soupire, les yeux brillants, les yeux de toute couleur, suivant que l'amour arbore pour la bataille sa bannière noire ou bleue : là, tous les genres de séduction dans les combats ; l'éclair qui brille hardiment, à travers des cils ombrageux, ou le regard rusé, à demi voilé, qui cache ses splendeurs, comme l'épée tirée à moitié du fourreau, sous la paupière abaissée ! Telle est, Azim, l'armée aimable, lumineuse, qui marche à cette heure contre toi ; et laisse les héros célébrer leurs triomphes ; celui qui, dans la vertu, arme son cœur jeune, ardent, contre les charmes de la beauté, qui sent leur puissance et en brave les vo-

luptés, celui-là est le meilleur, le plus grand des conquérants!

*

Maintenant, à travers les chambres du Harem, des lumières mouvantes et des formes occupées annoncent les
rites de la toilette. Les servantes actives courent d'un ap-
partement à l'autre, ici roulant avec grâce le turban autour
des têtes, là faisant retomber les voiles avec un air de négligence sur les joues fleuries des jeunes filles. Les unes
laissent apercevoir un seul œil à travers les plis; et, comme
la reine de *Seba*, cet œil unique leur suffit pour vaincre;
d'autres portent les feuilles de hemna (*a*) pour teindre les
bouts des doigts d'une couleur brillante et rosée, si brillante
que, dans le miroir, on dirait des tiges de corail au fond
d'un courant limpide. D'autres, encore, préparent le kohol
dont la couleur de jais rend les enfants des vallées de la
Circassie si belles que les rois sont orgueilleux de les
choisir pour reines!

Tout est en mouvement : les bagues, les plumes, les
perles brillent de toute part. Les plus jeunes sont allées
cueillir dans les jardins, au clair de lune, de fraîches guirlandes pour orner leurs fronts. Créatures douces et aimables! il est triste, pourtant, de voir comme toutes préfèrent
la fleur de l'arbre qui réveille en elles la mémoire de leur
innocente enfance, et les champs aimés et les amis, si loin,
maintenant! — La jeune Indienne est heureuse de remplir
son sein des feuilles d'or du champac et rêve du temps où,
au bord du Gange, ses compagnes en répandaient les fleurs
sur sa noire chevelure à la clarté des lumières qu'emportait
le fleuve sacré. Cependant, la jeune Arabe, que charme le parfum des fleurs de ses montagnes, court au doux elcaya (*b*),

et à l'arbre courtois, qui accueille si bien tous ceux qui vont se reposer sous son ombre (*c*); ces magiques parfums lui rappellent le puits du désert, les chameaux, la tente de son père; et elle soupire après le foyer laissé sans peine, et désire, dût-elle en souffrir, y revenir bientôt!

Pendant ce temps, à travers les salles illuminées et silencieuses, où l'on n'entend d'autre bruit que la chute des eaux fraîches et embaumées tombant goutte à goutte des nombreuses fontaines de jaspe, le jeune *Azim* erre, étonné, et il se demande ce que signifie cette immensité solitaire et lumineuse.

Il marche sur des parquets marquetés et des nattes du Caire, à travers de longs corridors, où brûlent dans des cassolettes et des urnes d'argent les bois précieux de l'aloès et du sandal. Des bâtons aromatiques, semblables à ceux qui illuminent les bosquets du Thibet, remplissent l'air d'un parfum léger comme celui qui se dégage de la baguette d'une péri montrant à quelque pur esprit la route du bonheur!

En même temps le salon splendide se développe sans limite, éclairé comme en plein jour; et, au milieu, une fraîche fontaine, réfléchissant les rayons en arc-en-ciel brisés, joue avec ses eaux lancées jusqu'au sommet d'une haute coupole émaillée de riches arabesques, de fleurs et d'or; et la mosaïque du sol brille à travers la rosée d'argent, comme les écailles aux mille couleurs qu'on trouve sur les bords de la mer Rouge!

Partout il aperçoit les traces de l'amour, dans tous les objets vivants de la terre et des mers, devenus esclaves à cause de leurs beautés, comme les femmes dont ils servent à embellir l'esclavage! D'un côté, les petits poissons jouent avec grâce, dans les ondulations brillantes des vases de cristal, semblables aux lingots d'or d'une mine enchantée; de

l'autre, à travers les légers grillages faits des bois odoriférants de Comorin (*d*), sont tous les oiseaux dont les ailes
brillantes réjouissent les airs : le gai loriot jouant comme
un rayon de soleil de la mer Indienne sur les branches
rouges de l'arbre corail de ces chaudes îles ; le pigeon bleu
et sacré de la Mecque, et la grive de l'Hindoustan dont le
ramage retentit tous les soirs au sommet des pagodes ; et
ces oiseaux dorés du Paradis qui, à la saison des épices,
tombent dans les jardins, ivres de l'aliment dont le parfum
les a séduits ; et ceux qui, au doux soleil de l'Arabie,
bâtissent leurs nids des fleurs du cannellier. Bref, toute chose
rare et belle qui, ailleurs, vit libre dans le pur élément, ici
repose, dormant, dans la lumière, comme les oiseaux verts
qui habitent les champs d'Asphodel du radieux Eden !

*

Ainsi, à travers des scènes rappelant le luxe du roi impie,
que l'ange de la mort frappa de sa torche enflammée, au
seuil même de son palais, plutôt que la demeure pure d'un
Prophète envoyé et armé par le ciel, pour l'affranchissement
de l'homme, le jeune *Azim* avançait, regardant, sombre,
autour de lui ; son costume simple et ses lourdes et
bruyantes bottes de guerre s'accordant mal avec la pompe
voluptueuse et le silence énervant de ces lieux.

— « Est-ce là, pensait-il ; est-ce là le moyen de délivrer
l'esprit de l'homme de l'avilissante domination et de la
lâcheté du monde ? Est-ce là le moyen de lui enseigner, à ne
pas connaître, pendant qu'il vit, d'autre bonheur que celui
de la vertu ; et à laisser, quand il meurt, son nom sublime,
comme un drapeau planté sur les hauteurs de la gloire ?
Ce n'était pas ce que t'enseignaient tes sages, oh ! terre des

pensées généreuses et des grandes actions ! Ce n'était pas
au sein des voluptés que ta liberté nourrissait *ses saintes éner-
gies !* Oh ! non, quand elle avait conçu ces entreprises immor-
telles, ce n'était pas à l'éclat énervant des pompes et du luxe
que croissait le myrthe dont elle enlaçait son épée, mais
dans l'air fortifiant du travail, de la tempérance et de cette
vertu rare, élevée, qui seule est capable de lui conquérir des
couronnes ! Qui, ayant mesuré le peu de terre que nous
occupons, la vie, ce point perdu dans l'immensité du temps,
cet isthme étroit placé entre deux éternités : le passé et
l'avenir, qui voudrait laisser ce point stérile ou souillé, et
ne pas y bâtir un temple, ne pas s'y faire un nom pour
éclairer, au loin, les espaces et les mondes, et pour servir
de phare et de lieu de repos à toute âme noble qui aspire à
s'élever ! Mais non ; c'est impossible ! L'homme envoyé de
Dieu pour briser la verge du magicien Mensonge, le prophète de vérité, qui tient tous ces droits du ciel ne peut ainsi
profaner sa cause par les pompes vulgaires de ce monde !
Non, non, je le vois ; il me croit faible ; tout cet éclat de
luxe a pour but de tenter ma jeune âme ; il veut éprouver
le regard de l'aiglon ! Eh bien ! brille, luxe ; brille, volupté !
sur vous je veux essayer mon regard ! »

*

Mais, pendant qu'il défiait la séduction de ce spectacle,
il en sentait la magie dans tous les sens ; les parfums l'enveloppaient et le pénétraient ; le doux bruit des eaux tom-
bantes le berçait comme le bourdonnement des abeilles de
l'Inde au coucher du soleil, lorsqu'elles voltigent autour de
l'odoriférant Nélica, et qu'elles vont s'endormir dans le calice
de ses fleurs. Et la musique aussi, — oh ! musique, toi qui

as pour l'âme que tu touches des charmes supérieurs à tout autre charme; il l'entendait au loin, si loin qu'elle semblait la ravissante mélodie d'un rêve. C'était trop pour lui. Son cœur ne pouvant résister à l'émotion, il s'étendit sur une couche et abandonna son âme à de douces pensées se succédant comme la vague succède à la vague sur une mer tranquille que la tempête vient d'abandonner. Il pensa à *Zélica*, sa chère aimée, et au temps où, soupirant le bonheur, ils s'asseyaient, les yeux dans les yeux, silencieux dans la joie, comme si Dieu, de ce côté du ciel, n'avait pas donné autre chose qui fût digne d'être regardé.

— « Oh! ma bien-aimée! dont les enchantements me suivent partout, et planent sur moi en tous lieux; c'est pour toi, pour toi seule, que je cherche le chemin de la gloire. Pour animer ton visage d'une chaleureuse approbation; pour lire ma louange dans ton doux regard, comme dans le livre d'un ange; et trouver toutes mes fatigues récompensées, quand j'aurai conquis un sourire digne de l'immortalité! Comment supporterais-je mon bonheur quand je me trouverai seul maître de ton cœur, moi bien indigne, puisque les meilleurs méritent, seuls, d'être les plus heureux! Quand, sur ces lèvres, dont je n'ai pas connu les soupirs depuis tant d'années, je pourrai cueillir de nouveau tes larmes et que je goûterai le charme qu'elles avaient à notre séparation. Oh! ma véritable vie! Pourquoi a-t-il fallu, un seul jour, m'éloigner de toi? »

*

Pendant qu'il se livre à ces pensées, la brise rapproche ces délicieuses harmonies semblables à des rêves, dont chaque note ajoute de nouveaux liens à la chaîne où son esprit s'enlace. Il se tourne du côté d'où viennent ces accents et, dans une perspective éloignée, brillant du jeu de lampes innombrables, semblable à la trace que le jour projette sur les eaux quand il nous dit adieu, il voit s'avancer un groupe de femmes, les unes emportées dans le tourbillon de la danse, captives du roi des fleurs, unies par des liens qu'ont fournis les bosquets ; d'autres, libres et sans frein, semblent se moquer de l'esclavage de leurs sœurs, et tournoient comme de joyeux papillons autour d'une lampe de nuit ; d'autres, encore, s'avancent avec grâce, leurs pas suivant la mesure, cette âme du chant ; et leurs jeunes voix font entendre des accents célestes pareils aux sons des flûtes, des luths et des harpes qui les accompagnent.

Les voilà, maintenant. Elles passent sous ses yeux, ces formes que la nature a créées quand elle voulut peindre avec le pinceau de l'imagination, et donner naissance à des êtres plus aimables que ses plus riches tableaux ! Quelque temps, la danse se prolonge devant lui ; puis, elles se séparent, comme les nuages roses d'une soirée d'été devant le riche pavillon du soleil ; puis, silencieusement, une à une, elles disparaissent dans les nombreux couloirs qui, des chambres, conduisent aux jardins, aux terrasses, aux prairies éclairées par la lune, d'où le vent apporte leurs joyeux éclats de rire. Une nymphe tremblante, restée en arrière, leur fait en vain signe de revenir ; elles sont parties et la nymphe est seule auprès d'*Azim*. Son jeune front, que la timidité rend encore plus beau, ne se dérobe pas sous un voile. Une légère chaîne d'or entoure sa chevelure, comme celles que portent les jeunes filles de *Yerd* et de *Shirar* d'où retombe avec grâce, de chaque côté, une amulette dorée où est gravée en langue arabe quelque texte immortel du saint livre ; sa main gauche saisit en frissonnant un petit luth fait d'or et de bois de sandal dont elle tire un ou deux accords; sa main tremblante suspendant tout à coup l'harmonie. Alors, après un timide regard lancé à *Azim*, et comme si la douce gravité de son âme et de ses traits avait calmé ses craintes, semblable à l'antilope, devenue plus familière, elle se rapproche en tressaillant, et s'asseoit à ses pieds sur le bord d'un coussin (musnud); et, devenue plus hardie, préludant par de plus fermes accords, dans le mode pathétique d'Ispahan, elle commence ainsi:

— « Il est un bois de roses au bord du *Bendemeer* où le « rossignol chante tout le jour. Au temps de mon enfance, « c'était comme un doux rêve de m'asseoir près des roses « et d'écouter les chants de l'oiseau. Jamais je n'oublierai ce « bosquet et cette harmonie; et souvent quand je suis seule, « dans les beaux jours, je me demande: « Le rossignol « chante-t-il encore; les roses brillent-elles toujours auprès « du calme *Bendemeer ?* »

« Les roses inclinées sur la rive flétrissent vite; mais « bien des boutons ont été cueillis quand ils commençaient « à s'entr'ouvrir; et les fleurs ont distillé une rosée qui « donnait à l'été tous ses parfums avant que l'été se soit « enfui. Ainsi la mémoire, avant de mourir, tire de nos « plaisirs une essence qu'on respire longtemps, ainsi brille « sur mon âme, comme autrefois à mes yeux, les bosquets « et les rives du calme Bendemeer ! »

Pauvre jeune fille, pensa Azim; si tu as été envoyée pour éprouver mon cœur par des désirs profanes, et tenter sa fidélité, malgré la douceur de ton luth et ta beauté caressante, c'est un jeu auquel tu manques d'adresse. Car tes lèvres pourraient conseiller doucement le mal; mais tes

yeux de vestale désavoueraient tes chants. Tes lèvres ont
respiré tant de pureté, ta mélodie revient si tendrement
aux jours de la vertueuse jeunesse, et ramène si bien ton
âme, si jamais elle s'en est éloignée, à son innocence première, que j'aimerais mieux arrêter la colombe qui retourne
joyeuse à son foyer d'amour, et enlacer ses blanches ailes de
nouveaux liens, que d'éloigner de la vertu le moindre de tes
désirs!

*

A peine cette pensée a-t-elle traversé son esprit, il aperçoit, derrière les rideaux, des yeux sans nombre, brillant
comme des étoiles dans le bleu firmament d'une belle nuit,
riant du couple assis là devant eux, tranquille et mélancolique. Puis tout à coup, écartant les rideaux et au milieu
d'une pluie de jasmins que leur jettent leurs compagnes,
deux jeunes filles, légères comme le zéphir qui les suit,
s'élancent dans la salle, et la parcourent, touchant à peine
le sol, semblables aux créatures aériennes qui vivent au
milieu des parfums, se poursuivant l'une l'autre dans une
danse exprimant le plaisir, la langueur, l'ardeur, la retenue,
toutes les formes éloquentes des courses de l'amour.
Cependant, la nymphe, dont le luth a chanté les doux souvenirs du foyer, s'enfuit timidement, et disparaît comme la
violette aux rayons de l'été, non sans prendre en partant, au
cœur d'*Azim*, le soupir qu'on ne peut refuser à ces formes
charmantes qui passent quelquefois près de nous, dans la
foule. Êtres lumineux, trop aimables pour ce monde, et que
nous ne devons plus revoir!

Autour des cous de neige des deux jeunes danseuses
pendent deux colliers de perles d'Orient, plus brillants que

8

le cristal de mer cueilli sur les collines des rivages de la
Caspienne (*e*). Dans les boucles et les longues tresses de leur
noire chevelure, des sonnettes, harmonieuses comme celles
qu'agite un zéphir éternel dans les arbres d'or de l'Eden,
résonnent à chaque pas, exprimant l'harmonie de tous leurs
mouvements, langage extatique de leurs petits pieds !

La poursuite cesse tout à coup; elles s'arrêtent enlacées
dans les bras l'une de l'autre, et leur respiration embaumée
se mêle aux parfums des fleurs de la nuit que la fraîche
brise du soir apporte des jardins extérieurs.

— Alors, se fit entendre une musique lointaine qui
semblait s'élever au-dessus d'un lac tranquille, et qui se
rapprochait, grandissant peu à peu, de telle sorte que l'oreille
à travers l'harmonie des divers instruments, saisissait les
paroles passionnées, chantées par un chœur de voix jeunes
et suaves :

Il est un esprit dont les soupirs embaumés
S'élèvent entre la terre et les airs ;
Quand les joues s'enflamment, cet esprit approche ;
Quand les lèvres se rencontrent, cet esprit est là ;

Il est l'âme des fleurs ; et ses yeux
Ressemblent aux lys azurés des eaux,
Quand la brise fait trembler le courant
Dans lequel ils se baignent !

Salut à toi, salut à toi, puissance aimable,
Esprit d'amour, esprit de bonheur !
Ton temps le plus saint est l'heure du clair de lune,
Et jamais clair de lune plus doux que celui-ci,

Par le beau et le brave
Qui s'unissent, en rougissant,

Comme le soleil et la vague,
Quand ils se rencontrent le soir;

Par les larmes qui coulent,
Lorsque vient la passion,
Comme la pluie qui tombe
Sous les ardeurs du ciel;

Par le premier battement d'amour
D'un jeune cœur,
Par le bonheur de l'arrivée,
Par la souffrance du départ;

Par tout ce que tu as
Donné aux mortels
Qui si cela durait,
Ferait de la terre un paradis!

Nous t'appelons ici, puissance enivrante,
Esprit d'amour, esprit de bonheur!
Ton temps le plus saint est l'heure du clair de lune;
Et jamais clair de lune plus beau que celui-ci!

Impatient de s'arracher à un spectacle, dont la volupté, en dépit de lui-même, le pénétrait jusqu'au fond de l'âme, et où, au milieu de tout ce qui plaît à la jeunesse : les fleurs, la musique, les sourires, céder un instant, c'était se perdre, le jeune guerrier se leva; et, laissant les nymphes et leurs chants voluptueux, il se prit à examiner les peintures suspendues autour de lui : images brillantes qui parlaient sans prononcer une parole! Mais là, encore, de nouveaux enchantements ébranlaient ses sens. Là, brillait tout ce que la puissance muette du pinceau avait pu appeler à la vie, de beau, de doux, de tendre, de passionné. L'art n'avait choisi du plaisir que la part la plus pure, sachant que la beauté est plus belle encore, à moitié voilée; ainsi l'astre radieux nous envoie de l'Occident ses regards les plus aimables, quand son globe est à moitié caché !

Ici, c'était l'histoire du Roi des Génies, dans des entretiens avec celle qui vint de *Saba*, et dont les regards brillants et joyeux lui apprenaient qu'être heureux, c'est être sage; plus loin, l'ardente *Zuleika* les bras ouverts, suppliant le jeune Hébreu, qui s'arrache à ses charmes, mais qui en fuyant se retourne pour la voir; et, à moitié vaincu, souhaite de pouvoir la conquérir en même temps que le ciel! Plus loin encore, *Mahomet*, égaré par l'amour, oublie le Koran dans les sourires de sa Marie; et lui montre un ange venu du ciel pour consacrer son amour par un texte nouveau.

D'un pas rapide et d'un œil charmé, le jeune homme s'avance au milieu de ces tableaux historiques; et il s'approche d'une fenêtre par où la lumière de la lune, calme et douce, pénètre à l'intérieur, et brille sur la campagne, tranquille et endormie. Là! il s'arrête, la musique plus éloignée porte à son oreille un langage plus saint, la distance faisant disparaître ce qu'elle a de trop terrestre. Ah ! par ce doux clair de lune, et bercé par une telle harmonie, pouvait-il ne pas rêver de sa bien-aimée? Oui, rêve, ignorant enfant! et, pendant que c'est encore possible, savoure le dernier bonheur que doit jamais goûter ton âme. Encore un peu, suspends son image à ton cœur, pense à ses sourires, quand tu la vis pour la dernière fois, quand sa beauté brillait, sans aucune ombre de la terre; rappelle-toi les pleurs qu'elle versa au moment de la séparation, larmes pures comme celles des anges, si les anges en versent au ciel! Pense au bosquet tranquille où elle t'attend maintenant, avec la même lumière, éclairant son cœur son front, toute dans la solitude, et tienne, toujours tienne, comme la seule étoile, solitaire, brillant au-dessus de la tête ! Oh ! qu'un rêve si beau, dont si longtemps il s'est bercé, soit si tristement, si cruellement détruit !!!

✱

Les chants ont cessé ; les nymphes rieuses ont fui, et il reste seul, seul, avec son rêve de bonheur. Est-il seul ? Non, ce profond soupir, ce sanglot arraché par la douleur que quelqu'un, près de lui, a laissé échapper ! qui cela peut-il être ? Hélas, la misère a-t-elle encore sa place dans ce séjour enchanté ? Il se retourne et voit une forme féminine enveloppée d'un voile, s'appuyant, comme si cœur et force lui manquaient à la fois, contre un pilier voisin ; elle n'est pas ornée, comme les autres, de pierres précieuses et de guirlandes de fleurs, mais porte ce vêtement mélancolique de bleu sombre en usage chez les jeunes filles de *Bokhara*, quand la mort leur a ravi un ami ou un parent. Tel était celui que portait *Zélica*, dans ce jour où il lui dit adieu, et où, le cœur trop plein pour lui parler, il recueillit sur sa joue ses dernières larmes !

Une émotion étrange s'empare de lui, plus puissante qu'aucun sentiment éprouvé jusqu'à ce jour. Sans réfléchir, il ouvre les bras pendant qu'elle s'élance vers lui comme par un dernier élan d'énergie ; mais, épuisée par cet effort suprême, elle tombe sur le sol avant qu'il ait pu la retenir. Son voile est écarté, ses faibles mains retombent sur ses genoux.

C'est elle ! elle-même ! C'est *Zélica* qui est devant lui ! mais si pâle, si changée, qu'un amant seul pouvait, dans ce tombeau en ruine de la beauté, reconnaître la divinité autrefois adorée ! Et lui-même, silencieux et dans le doute, s'arrête, écarte les boucles de son front, et contemple un

instant les paupières de celle si longtemps connue, avant
de reconnaître qu'elle est sa chère bien-aimée! Elle qui,
même à l'heure la plus terrible, quand il la laissa pour aller
guerroyer, brisée par la séparation, ressemblait dans sa
douleur, à la douce fleur de la nuit, lorsque l'obscurité lui
fait répandre, avec des larmes et des soupirs, de plus suaves
parfums !

— « Regarde-moi ! ma *Zélica!* un moment montre-moi
tes yeux charmants ; et fais-moi connaître que leur vie et
leurs grâces ne sont point enfuies, et qu'ils brillent comme
autrefois ! Jette sur ton Azim un cher regard, de ceux des
anciens jours ! Quelle que soit la puissance qui t'a conduite
ici, bénie soit-elle du ciel ! Là ! mes douces paupières !
elles se meuvent ! Ce baiser a ramené la vie dans tes veines ;
et maintenant je m'attache à elle ; elle est mienne, mienne
encore, toute mienne ! Oh ! délices, si j'avais eu le monde
entier en mon pouvoir, je l'eusse donné avec tous ses
trésors réunis pour t'avoir ici, pour me pencher tendrement, comme autrefois, sur ma toute bonne, toute pure
Zélica ! »

C'était, en effet, le contact de ses lèvres sur les paupières
aimées qui en avait dissipé la courte éclipse ; et graduelle-
ment, comme fond la neige au soufle du printemps, découvrant peu à peu les petites fleurs bleues qu'elle dérobe
à la vue, il vit ses paupières levées et ses yeux rouverts,
non plus, comme avant, inquiets, étranges, sauvages, mais
tristement calmes, car sentir son cœur si près du sien,
dans une minute d'extase, était une consolation ; et ce bonheur de se réveiller sous les caresses du bien-aimé lui fit
oublier à moitié son misérable état ; mais quand elle l'entendit la nommer « bonne et pure », oh ! ce fut trop. Elle
ne put le supporter ; et, éloignant ses caresses et voilant son

visage coupable, elle dit d'un accent qui aurait brisé un
cœur de marbre : « Pure ! oh ! ciel ! »

Ce ton, ces regards si changés, la flétrissure que le malheur et le péché laissent partout où ils passent, le désespoir
mortel de ces yeux inclinés vers la terre, de ces yeux où
autrefois, les eût-il aperçus par surprise, il aurait vu se reflé-
ter les mille lumières de la joie ! Et maintenant, tout cela
changé en un lieu brillant, mais profané, où le vice cache
sa laideur sous les charmes de la grâce, comme la vipère
s'enveloppe sous les feuilles de la balsamine ! Quelle découverte pour son cœur; point n'est besoin d'autres paroles; il voit tout, tout, comme si l'épée de la honte avait
frappé sur elle tous les coups qui devaient la séparer du ciel
et de lui ! C'en est fait; elle est perdue pour lui et pour le
ciel ! ce fut un moment terrible ! Tous les pleurs d'une
longue vie de misères ne peuvent égaler les angoisses
d'une telle minute. Tous les éléments de la plus sombre
douleur vinrent à la fois fondre sur son âme; un coup
du destin dissipa toutes les espérances de sa vie !

— « Oh ! ne me maudis pas ! s'écria-t-elle au moment
où il levait au ciel ses mains désespérées. — Quoique je sois
perdue, ne pense pas que le vice ou la fausseté aient causé
ma chute. C'est la douleur; c'est la folie qui ont tout fait. —
Crois-moi; quoique ton amour soit fini; oui, je le sais; —
crois, au moins, qu'il a fallu que toute étincelle de raison
fût éteinte dans ce cerveau, avant qu'il me fût possible de
m'éloigner de toi ! — Ils me disaient que tu étais mort ! —
Pourquoi, *Azim*, pourquoi, ne sommes-nous pas morts,
tous deux, au moment de nous séparer ? Oh ! puisses-tu
connaître le *dévouement* triste et profond avec lequel j'ai
pleuré ton absence ! — Toujours et toujours pensant à toi,
encore toi, jusqu'à ce que la pensée, tombant dans la mé-

moire, comme la goutte d'eau qui tombe nuit et jour, froide et sans jamais s'arrêter, ait fini par détruire mon cœur! Si tu m'avais vue toujours pâle, assise au foyer solitaire, l'œil fixé sur le chemin par lequel tu venais, et ces longues nuits de crainte et d'espérance, l'oreille tendue pour entendre le son de ta voix, le bruit de tes pas; oh! Dieu, tu comprendrais comment, quand tout espoir eut péri, quand j'entendis ces effrayantes voix me dire : *Azim est mort*, ma raison s'évanouit et je devins une barque abandonnée à la dérive, sans une vue du ciel! — et mon amour, lui-même, et son ardeur insensée servirent à me précipiter dans le péché! — Tu me prends en pitié. Je le vois. Il n'est pas, sous les cieux un être à moitié aussi misérable que moi. Le démon qui m'a séduit est près d'ici. Toi-même, toi, tu serais perdu s'il m'entendait. — Oh! avec quel art diabolique il a ruiné mon âme (un cœur plus saint n'aurait pas résisté), me parlant de toi, de la sphère éternellement brillante où pour toujours je vivrai avec toi, buvant l'éternelle lumière de ces yeux si purs, heureuse à jamais si je consentais à le servir, *lui*. Pense, pense combien j'étais perdue dans la folie pour croire que le vice me conduirait à Dieu ou à toi! Tu pleures sur moi; oui, pleure. — Oh! si j'osais boire ces larmes mais non, ces lèvres sont maudites; elles ne doivent pas te toucher. Caresse divine! j'ai connu dans tes bras un moment d'oubli, et ce moment restera enseveli dans les profondeurs de ma mémoire, jusqu'à ce que je meure! Dernière joie, derniers et précieux débris, la seule goutte que, dans ce vaste désert du malheur, mon cœur conserve de la source sacrée de l'affection, pour calmer ses mortelles souffrances! Mais, tu dois t'en aller; pars pour toujours, ces lieux ne sont pas pour toi! Oh! non. Si je te disais seulement à moitié les tortures qu'on y souffre, ta raison s'éva-

nouirait comme la mienne ! C'est assez de te dire que le *Mal*
y règne ; que des cœurs, autrefois purs, maintenant flétris,
glacés, brisés, sont sa pâture ! que nous sommes séparés !
que l'horrible torrent de la destinée roule à jamais ses flots
obscurs entre nos âmes, les séparant autant que l'enfer est
séparé du ciel, pendant toute l'Eternité ! »

— « Zélica ! Zélica ! » s'écria le jeune homme dans les
tortures d'une âme exaltée presque jusqu'à la folie. « Par ce
ciel sacré, où, si mes prières peuvent encore arriver, tu séras
pardonnée, toi, telle que tu es, avec ton cœur torturé, où
tout n'est que péché, désolation et ruines ! Par le souvenir
de notre amour, autrefois pur, qui brûle encore au-dessus
du tombeau de nos âmes, comme les flammes lugubres des
champs de mort ; par cet amour que ni le mal en toi, ni le
désespoir en moi, n'ont le pouvoir d'éteindre, je t'en conjure, fuis d'ici ! — A l'instant même, s'il te reste encore une
étincelle d'innocence, fuis, à l'instant, avec moi ! »

— « Avec toi ! oh ! bonheur ! oh ! entendre cela, c'est être
payée de tant d'années de torture. Quoi ! prendre avec toi
la pauvre perdue ! lui permettre de rester à tes côtés, comme
aux jours de notre amour où nous étions tous deux, si
heureux, tous deux si purs ! Oh ! rêve trop céleste ! s'il est
sur terre un remède au cœur flétri, c'est celui-là. Être, tous
les jours, la compagne bénie de ton chemin, entendre ton
angélique éloquence, voir ces yeux vertueux encore tournés
vers moi ; et, comme la toile tachée qui reblanchit au soleil,
à leur lumière chaste et silencieuse, redevenir pure ! Et tu
prieras pour moi ; oui, je sais que tu prieras. A cette heure
du soir où les pensées du mal ont plus d'empire sur les
cœurs, tes yeux pleins de larmes se tourneront sur les

9

cieux obscurcis; et tu plaideras ma cause auprès de Dieu,
jusqu'à ce que ma faiblesse et ma misère osent se tourner
vers lui; et que les bons anges, en me voyant toujours à
tes côtés, pâle et brisée par la douleur, prononcent en ta
faveur le pardon de mon âme, et t'ordonnent de prendre
au ciel, ton esclave en larmes! Oh! oui, je veux fuir avec
toi! »

✳

A peine avait-elle prononcé ces mots qu'une voix sombre et terrible, comme celle du grand juge (Monker)
éveillant les morts de leur sommeil, retentit auprès d'eux
(elle semblait venir de la fenêtre placée à leurs côtés), et les
fit tressaillir :

— « Ton serment! ton serment! »

Oh! ciel! quelle horreur dans les yeux de la jeune fille.
— « C'est lui! » s'écria-t-elle, épouvantée jusqu'au fond
du cœur; et, sans oser tourner les yeux, bien qu'à travers la
fenêtre, le ciel, le clair de lune et les champs toujours tranquilles fussent seuls visibles.

— « C'est lui! et je suis sienne, — tout, tout est fini!
Fuis à l'instant, ou tu es perdu! Mon serment! mon serment!
Oh! Dieu! oui, tout est vrai; c'est vrai comme le ver qui
dévore le cœur *glacé* : je suis l'épouse de *Mokanna*, sienne,
Azim, sienne! Les morts nous entouraient pendant que je
prononçais mon serment, et leurs lèvres bleuâtres le répétèrent. Tous leurs yeux brillaient sur moi pendant que je
vidais la coupe, cette coupe de sang qui empoisonne constamment mon âme. Et lui, l'époux voilé! horreur! je l'ai
vu, cette nuit! Quel ange! Ah! puisses-tu ne jamais le connaître, n'avoir jamais la vue frappée de cet objet d'horreur,

caché à tous, sauf à l'enfer et à moi! — Mais je dois partir,
c'en est fait; je ne suis plus tienne, ni à toi, ni à l'amour,
ni au ciel, ni à rien de divin! Oh! ne me retiens pas; crois-tu
que les démons, qui ont le pouvoir de séparer les cœurs,
n'ont pas celui de séparer les mains? Ainsi, alors, pour
jamais! »

Elle dit, et avec cette force que la folie donne au plus faible
elle s'arrache de ses bras; et, avec un cri strident, elle s'enfuit
à travers cette longue avenue de lumières, rapide comme
un lugubre oiseau de nuit traversant les rayons du soleil;
et elle disparut aussitôt à sa vue.

ALLA-ROOKH, de tout le jour, ne dut penser à autre chose qu'aux malheurs des deux amants. Sa gaieté avait disparu ; et elle paraissait rêveuse, même, en regardant *Fadladeen*. Elle sentait, sans savoir pourquoi, une sorte de *plaisir contrariant* à imaginer qu'Azim avait dû être un jeune homme de l'âge de *Féramorz* digne de connaître les délices, mais non pas les angoisses, de cette passion illusoire ; trop souvent semblable aux pommes dorées d'*Istkahar,* qui sont douces d'un côté et amères de l'autre.

Comme ils passaient, après le coucher du soleil, le long d'une rivière, ils virent sur ses bords une jeune fille Hindoue dont l'occupation leur parut si étrange qu'ils firent arrêter les palanquins pour l'observer. Elle avait allumé une petite lampe remplie d'huile de coco, et, la plaçant dans un plat d'argent, orné de guirlandes de fleurs, elle l'avait livrée d'une main tremblante, au courant, et la suivait des yeux, emportée par le flot, anxieuse et sans faire attention à la joyeuse cavalcade qui s'était arrêtée derrière elle. La curiosité de *Lalla-Rookh* était tout à fait surexcitée, lorsqu'une de ses servantes, qui avait long-temps vécu sur les bords du Gange (où la cérémonie est si fréquente que souvent, dans les ombres du soir, la rivière est éclairée par les lumières, comme le *Oton-Tala* ou mer des Étoiles), informa la princesse que c'était le mode suivant lequel les amis de ceux qui étaient partis pour un dangereux voyage offraient leurs vœux pour un heu-·reux retour. Si la lampe plongeait immédiatement, c'était le présage d'un malheur ; mais si elle brillait sur le courant aussi loin que l'œil pouvait la suivre, le retour de l'objet aimé était considéré comme certain.

Lalla-Rookh, pendant qu'on avançait, se retourna plus d'une fois pour observer ce qui advenait de la lampe de la jeune Hindoue ; et, voyant avec plaisir qu'elle ne s'éteignait pas, elle ne put s'empêcher de crain-

dre que toutes les espérances de la vie ne fussent semblables à cette
faible lumière emportée sur un fleuve. Le reste de la journée s'écoula
dans le silence. Elle sentait, pour la première fois, cette ombre de la
mélancolie qui passe sur le cœur de la jeune fille, comme la douce
haleine qui ternit, un instant, son miroir. Et ce ne fut que lorsqu'elle
entendit le luth de *Féramorz* toucher légèrement la porte de son pavillon qu'elle s'arracha à la rêverie dans laquelle elle était plongée.
Aussitôt ses yeux brillèrent de plaisir, et après quelques remarques mal
écoutées de *Fadladeen*, sur le manque de décorum d'un poète s'asseyant
en présence d'une princesse, chaque chose fut arrangée comme dans la
soirée précédente, et tous écoutèrent avec la plus vive attention l'histoire qui fut continuée comme il suit :

CHANT III

E qui sont les tentes dorées qui couvrent l'immensité, hier encore déserte et silencieuse? Cette cité de la guerre qui, en quelques heures, a surgi là, comme si le magique pouvoir de celui qui bâtit, durant un scintillement d'étoile, les salles de Chilminar (a) aux piliers aériens, avait évoqué, aussi loin que l'œil peut atteindre, ce monde de tentes, de dômes et d'armoiries éblouissantes. Ces pavillons royaux, abrités par les plis des draperies écarlates et couronnés de globes d'or; ces coursiers aux riches tapis d'argent, aux chaînes, aux poitrails brillant au soleil; et ces chameaux couverts des écailles de Yemen, secouant à tous les vents leurs légères clochettes!

Hier soir, si tranquille et si muette était la vaste plaine, qu'on n'entendait d'autre bruit que le torrent éloigné et l'oiseau-sauterelle chassant dans les halliers.

Maintenant, écoutez. Quels bruits de toutes sortes; les

cris et les rires apportés par le vent, le hennissement des
chevaux, les chants des conducteurs, le cliquetis des armes,
et les flammes de dix mille pavillons qui fouettent dans
la brise; tantôt la musique guerrière faisant éclater le caril-
lon terrible de ses *gongs* et de ses tymbales, ou pendant le
repos, quand se taisent ces instruments bruyants, les soupirs mélodieux de la flûte et de la cornemuse, couverts par
les larges notes d'aigle (*b*) de la trompette abyssinienne!

Qui a conduit ici cette puissante armée? Qui? vous le
demandez! Et ne voyez-vous pas, sur ces tentes éloignées,
ces bannières noires : la Nuit et l'Ombre (*e*)? C'est le glorieux ornement du *Calife* arraché à son palais par les nouvelles alarmantes, arrivant à toute heure, sur les succès du
faux Prophète et son armée d'infidèles qui ont jeté un sauvage défi à l'*Islam* et au monde entier. Quoique fatigué par
la guerre contre les Grecs, et porté à goûter le repos dans
sa brillante demeure, il n'a pu laisser sans vengeance des
blasphèmes qui terniraient le soir de son règne. Ayant
donc juré sur le *saint Tombeau* de vaincre ou de mourir, il
a, de nouveau, livré à la brise ses sombres bannières; et il
est là pour écraser ces rebelles qui ravagent sa belle et
heureuse province du Soleil.

✳

Jamais *Mahady* n'avait auparavant déployé autant de
pompe; même lorsqu'au temple de la Mecque, la terre et
la mer furent dépouillées pour suffire au luxe du Pèlerin;
et qu'il vit autour de lui, au milieu des sables brûlants, les
fruits du Nord, lui offrir leurs parfums dans de la glace; et
les urnes de la Perse lui verser leur neige pour rafraîchir

ses lèvres ardentes. Et jamais, aussi, il ne réunit une plus formidable armée de tous les royaumes du Califat.

A l'avant-garde, le peuple du Rocher (*d*) sur ses rapides coursiers de montagne, d'origine royale. — Puis ceux venus des régions situées aux bouches du Volga, mêlés aux robustes et noirs archers du Sud. — Plus loin, les guerriers de Damas, orgueilleux des riches ornements de leurs sabres, et les lanciers indiens aux blancs turbans qui ont vu le jour dans la lointaine *Sinde* ou sur les bords sacrés de l'*Attock,* unis aux légions de la terre de Myrrh(*e*); puis, les Maures et les insulaires de la mer du Milieu, armés de la massue.

*

Non moins nombreuses, bien que moins disciplinées, étaient les vastes multitudes qui, enflammées de zèle ou exaspérées par l'oppression, couraient se ranger sous la blanche bannière de l'Imposteur. En outre, des milliers de croyants fanatiques, se précipitant tête baissée, dans la bataille, comme le vent de Samiel, flottaient, nombreux, les drapeaux de ceux qui avaient souffert ou craignaient de souffrir du fer ensanglanté des *Islamites!* Les chefs de la race d'Usbek, agitant avec une grâce martiale leurs crêtes de héron (*f*). Les Turcomans, innombrables comme leurs troupeaux, venus des prairies aromatiques du Nord; et ceux qui habitent au delà des neiges éternelles de l'Hindoo-Kock, grandis dans les orages de la liberté, avec le Rocher pour fort, et, pour camp, le lit du torrent. Mais aucun de ceux qui s'étaient soumis à son commandement ne se précipitaient dans la bataille avec des mains plus hardies, plus avides de sang que les *outlaws* d'*Iran,* les adorateurs du feu (*g*) palpitant, ivres de la vengeance à tirer des Sarrazins;

vengeance pour leur chère patrie méprisée, avilie, pour leurs trônes usurpés et leurs brillants tombeaux profanés, depuis l'éternelle maison de feu de *Yerd* (*h*), où les vieux saints expirent dans les rêves du ciel, jusqu'à *Barku* (*i*) où sont les fontaines bleues qui brûlent en s'écoulant jusqu'à la Caspienne! Insoucieux de savoir pour qui, pour quelle cause le sang est versé, pourvu que la vengeance triomphe et que leurs tyrans soient frappés.

Telle est l'armée aux éléments étranges, sauvages, qui agite, haut dans les airs, autour du *Prophète-Chef*, ses bannières aux cent couleurs, tous baissant les yeux devant ce voile brillant, qui éclaire, partout où il va, les grandes tempêtes de la guerre, arc-en-ciel du champ de bataille dont la pluie est le sang!

Deux fois le soleil s'est couché sur l'horrible mêlée, et, en se levant, il les trouve encore aux prises, et il éclaire de nouveau le carnage, dont les vapeurs s'élèvent au ciel, sous les rayons de midi, brûlantes comme le nuage rouge dont la vue terrifie la caravane du désert. Le Calife crie :

— « En avant, épées de Dieu! Des trônes à ceux qui vivent; le ciel pour ceux qui succombent! » Et *Mokanna* répond : « En avant, courageux vengeurs! et que le lâche qui fuit tombe sous les coups d'*Eblis!* »

✶

Mais c'est la journée fatale, le dernier choc, la crise suprême; encore un effort; ils plient! Les troupes du Calife sont en pleine déroute. *Mokanna* s'est emparé lui-même de la bannière noire, et maintenant il tient dans sa main la couronne impériale du monde de l'Orient.

Or, entendez ce bruit; quelqu'un se précipite; il vient;
il arrête la fuite des *Moslem;* il les rallie; il les ramène au
combat, les voici! A leur tête, est un guerrier semblable
à ces jeunes anges, qui, armés de la cotte de maille céleste, di-
rigèrent les coups des champions de la foi dans la vallée de
Béder. — Audacieux comme s'il possédait dix mille vies, il
abat les épées des orgueilleux vainqueurs, fait retourner en
arrière le torrent de cette multitude ivre de sang, pendant
que l'espérance et le courage se lancent sur ses traces, et que
son invincible cimeterre fait à chaque pas de terribles
brèches où se précipite la victoire! — En vain *Mokanna,*
au milieu de la déroute, s'arrête comme la lune rougeâtre,
dans une nuit d'orage au milieu des nuages fuyant sur elle,
et la laissant seule, immobile, dans les cieux! En vain, il
rugit les blasphèmes de son désespoir, et sème dans sa rage
la mort autour de lui, frappant indistinctement et les ennemis qui le chargent et les lâches amis qui l'abandonnent!
La panique est universelle. — « Un miracle! » Les *Moslem*
répètent ce cri : « Un miracle! » — Les yeux sont fixés sur ce
jeune guerrier dont l'apparition leur semble une lumière
glorieuse, telle qu'on en voit en rêve; et toutes les épées
le suivent, fidèles, comme sur la vague obscure l'aiguille suit
la trace de l'étoile!

Maintenant, droit sur *Mokanna,* il dirige sa course impatiente, comme si le trait de colère qu'il apporte du ciel
se détournait des plus faibles, et des âmes, seulement à
moitié réprouvées, pour l'atteindre, lui, le plus puissant et
le plus exécré! Mais en vain il se hâte; — bien qu'à cette
heure de sang, *Mokanna* eût-il été entouré de tous les sé-
raphins de Dieu, le menaçant de leurs épées de flamme,
l'âme de *Mokanna* les eût défiés tous. Cependant, la déroute
de cette immense multitude est irrésistible pour des forces

humaines, et *lui-même* en vain se débat; il est emporté dans
ces milliers de bataillons, et sa seule joie, dans cette fuite
forcée, est de semer la mort autour de lui. Tel un tigre furieux, surpris de nuit par un torrent au fond d'un ravin,
tourne sa rage sur les troupeaux enlevés aux rochers en
même temps que lui; ses ongles plongent sur les toisons
de neige qui l'entourent; et, faisant des victimes jusqu'au
dernier moment, il ensanglante le torrent qu'il ne peut
arrêter !

Alla-Illa-Alla! Les cris de joie retentissent. Alla-Achar!
Le Calife est dans *Mérou*. Suspendez vos belles tapisseries dorées dans les rues; éclairez vos autels et chantez vos
ziralets; les épées de Dieu ont triomphé; le Calife est assis
sur son trône, et le *chef voilé* a fui. Qui ne porte pas envie à
ce jeune guerrier, devant lequel le chef de l'Islam s'incline
dans toute la gracieuse gratitude d'un souverain dont il a
sauvé le trône, à cette heure du danger? Qui ne s'étonnerait,
lorsque, au milieu des acclamations des milliers d'hommes
portant son nom jusqu'au ciel, au milieu des saintes et
glorieuses harmonies qui résonnent sur la route des âmes
vertueuses, comme autour d'un astre, pour accompagner
ses révolutions, il se retourne froidement, comme s'il avait
sur le cœur une tristesse qu'aucun triomphe ne peut dissi-
per, quelque peine invisible sur laquelle jouent en vain
tous les éclats de la gloire! Oui, malheureux *Azim!* telle
est ta douleur, qui résiste à toute espérance, à toute terreur, à tout repos, sombre, froide et calme, que rien ne
peut éclairer ni réchauffer, comme ce lac de la Syrie sur
lequel le matin et l'été s'épuisent, vainement, à verser leurs
sourires, car tout y est mort! Il est des cœurs que cet accablement du malheur rend, par la longue habitude de souffrir,

soumis et abaissés. Mais pour toi, pauvre jeune homme, le coup fut soudain, imprévu ; il te frappa au milieu de ton extase, quand se levait l'espérance, quand les tristesses du passé s'évanouissaient, dans les splendeurs d'une bienheureuse aurore ! Alors, ce fut alors, sur ces joies naissantes, que s'abattit le coup fatal, empoisonné, d'une si grande misère ; alors furent arrêtés les chaleureux épanchements de ton cœur, comme la source, glacée à l'instant où elle s'élance de la terre ; et te voilà comme elle, sans soleil, incliné sur le sol, figé dans d'éternelles angoisses !

— Un seul désir, une seule passion allume encore dans tes veines les flammes de la vie : la vengeance, la terrible vengeance, pour frapper le misérable qui a flétri ta bien-aimée. Pour cela, quand il fut atteint dans sa fuite, loin, bien loin, après la nuit fatale, par des bruits d'armées formées pour attaquer le *chef voilé*, il revint sur ses pas, rapide, comme le vautour vole à la suite des pavillons déployés ; il vint ; et quand tout semblait perdu, s'élançant à la rescousse, il sauva un monde ! Il vit, cependant, sans se soucier des lauriers que la gloire jette sous ses pas ; il vit, comme l'éclair, pour frapper le coup de tonnerre de la vengeance, et puis mourir !

*

Cependant, cet esprit du mal vivait encore. Avec une petite bande de fugitifs désespérés, seul débri resté intact de l'orgueilleuse armée qui, naguère, défait le ciel, il atteignit *Mérou,* jeta une dernière malédiction de sang sur son trône perdu, franchit le *Ichou* (*j*), et, réunissant tous ceux dont la folie voyait encore un sauveur dans leur chef tombé, il porta sa blanche bannière derrière les portes de

Neksheh (*k*), et là, indompté, attendit l'approche du conquérant.

De tout son harem, de cette ruche active qui vivait de
doux enchantements, il n'en prit qu'une pour l'accompagner dans sa fuite ; une seule, non par amour, non pour
l'éclat de sa beauté, car *Zélica*, flétrie au milieu des joies qui
l'entouraient, était semblable à la fleur de l'arbre alma, qui,
tombée hier, est couverte par les fleurs tombées aujour-
d'hui ! Non, par amour ; les plus affreux damnés goûteront
les beautés du ciel avant que de tels démons soient atteints
par un regard de cette divinité ! Mais elle est sa victime ; là
sont pour lui tous ses charmes, charmes qu'il recherchera
aussi longtemps que l'enfer vivra dans son cœur. Travailler
à la ruine d'un ange ; changer par son contact, en un noir
rouleau de péchés, la page la plus blanche qu'ait jamais
déroulée la vertu, voilà son triomphe ; voilà sa joie maudite ; c'est là ce qui le place, à l'exception d'un seul, au-
dessus de tous les démons ! c'est ce qui donne à sa
victime déshonorée, une gloire à ses yeux, lumière semblable à celle dont les feux de l'enfer illuminent le malheureux damné, pendant qu'il se tord dans une horrible
agonie !

Mais d'autres soins le réclament, maintenant ; une tâche
qui nécessite toute l'audace de pensée et d'action dont les
divinités de l'abîme l'ont doué. Car, voyez au loin, sur
l'immense plaine que la nuit voudrait obscurcir, voyez ces
lanternes sans nombre, comme les lumières ailées qui
émaillent les champs de l'Inde pendant les nuits pluvieuses,
versant leurs lueurs formidables aussi loin que s'étendent
les tentes des assiégeants, jusqu'à l'extrême et sombre
horizon, formant des cercles de plus en plus rapprochés,
enfin venant briller jusqu'au milieu des fontaines et des

bosquets sur lesquels la ville plane dans toute sa magnificence ! Tranquille, à l'abri de ses créneaux élevés, *Mokanna*
voit l'immense multitude de tentes ; et il sourit en pensant
qu'enveloppé et investi, des myriades, seules, osent l'affron-
ter ; et cet être, sans amis et sans trône, mesure ces myriades de l'œil, et leur jette un défi :

— « Par l'aile de l'ange noir qui précipita l'armée du roi
assyrien dans les ombres de la nuit ! ne pourrais-je cette
nuit, moi aussi, peupler, de cette armée, tous les cercles de
l'enfer ! Que le Calife ou le Prophète s'empare du trône,
l'homme n'en aura pas moins à souffrir ! Prêtre, Calife ou
Roi, laissons qui voudra le mettre à la torture ! Toujours
ce monde ignoble résonnera des cris des victimes, des hurlements des esclaves ; et ces bruits me réjouiront jusqu'au
fond du tombeau ! »

Ainsi dit-il en lui-même ; mais aux rares fidèles qui l'entourent, il tient un tout autre langage :

— « Glorieux défenseurs de ma couronne sacrée et
céleste, dont les ombres de la terre ne peuvent ternir l'éclat,
dont les joyaux font pâlir toute la pompe des diadèmes de
ce monde, devant laquelle, et la couronne de *Gerashid*, et le
trône de *Parviz*, et la crête de héron, plus brillante que les
beaux yeux d'Ali, s'humilient, comme les étoiles devant le
matin éclairant les cieux. Guerriers ! réjouissez-vous ! nous
touchons au port où nous a portés le flot noir de la destinée. Il est écrit dans ce livre, où les anges seuls peuvent
lire, que le sceptre d'*Islam* tombera, brisé, aux pieds de son
grand Ennemi, quand l'orbe puissant de la lune, présageant
sa défaite, s'élèvera aux yeux de tous, sortant du saint puits
de *Neksheh*. Maintenant, tournez-vous et voyez ! »

Ils se retournèrent ; et pendant qu'il parlait encore, une
splendeur les enveloppa soudain, et ils virent un globe im-

mense et brillant s'élever du saint puits, et répandre sa
lumière sur la riche cité et, au loin, dans la plaine, faisant
reluire les tuiles dorées des dômes et des minarets, de l'éclat
que répandent, avant de se coucher, les soleils de l'automne.
Aussitôt, les murmures éclatèrent; et, de toutes parts,
s'élevèrent les cris : « Miraculeux! divin! » Le Guèbre se
prosterna pensant adorer l'étoile, son idole, qui l'éveillait pour
l'enflammer, au milieu de la nuit, de l'ardeur des combats;
pendant que celui de la race de Moïse voyait dans ces
rayons la lumière glorieuse qui, dans ses jours de liberté,
se reposait sur l'Arche, et qui venait à présent bénir sa délivrance !

« A la victoire! » Ce fut le cri de tous, et Mokanna
ne tarda pas à répondre à cet appel. A l'instant, faisant
ouvrir les grandes portes de la ville, comme un petit ruisseau descend de la montagne pour se perdre dans la mer
sans limites, ainsi il dirigea leur course, droit au milieu de
la puissante armée de *Moslem*.

Les gardiens du camp, qui, dans leur ronde, se sont
arrêtés, et oublient tout, à la vue de cette clarté surnaturelle,
tombent frappés de coups inattendus, et expirent en poussant leur cri d'alarme. — « En avant, droit à ces lampes qui
éclairent le grand pavillon! ne perdez pas vos coups sur
des êtres de moindre valeur; là est le Calife! Un coup
de lance heureux peut acheter la délivrance de l'humanité! »

Désespérée est la lutte, comme celles d'hommes qui
livrent un dernier combat pour la conquête d'un monde ;
mais le destin n'est plus pour eux : chaque épée rencontre
une épée qui la heurte dans l'ombre ; et bientôt, à ce bruit,
des légions les entourent, nombreuses comme les abeilles
de *Kauzeroon*, accourant à l'appel des tambourins, jusqu'au

moment où le camp, tout entier debout, massacrant à tort
et à travers, ramène jusqu'aux portes de Neksheb la bande
d'aventuriers au milieu desquels on voit, de temps à autre,
briller le voile d'argent, comme la voile blanche d'un
navire secoué par la tempête, et que l'éclair illumine, un
instant, au milieu de la nuit!

*

Mais tout cela n'a-t-il pas abaissé l'orgueil de son esprit,
humilié son front, abattu son audace? Non. Quoique la
moitié des malheureux qu'il conduisait, cette nuit, à la victoire aient péri, le matin l'entend encore vanter à ceux
qui restent, ses trônes et ses conquêtes; et ils le croient!
Oh! l'amant se méfiera du regard qui lui a dérobé son
cœur; l'enfant croira qu'il ne peut pas jouer avec l'arc-en-
ciel, l'alchimiste renoncera à chercher l'or au fond de son
creuset avant que la foi, la foi fanatique, cesse de se nourrir
du mensonge auquel elle a goûté avec joie !

Et l'Imposteur connaît bien toutes les séductions que
lui enseigna Lucifer pour prendre les cœurs dans ses lacs;
mais, au milieu de ses audacieux complots, tramés contre
les âmes humaines, *Zélica* n'est pas oubliée. Malheureuse
Zélica! Si tu avais eu ta raison, la moitié des horreurs dont
tu as été témoin aurait suffi pour te briser, et la mort eût
délivré ton esprit tourmenté. Mais une torpeur, un accablement sans limites succéda aux efforts passionnés de la terrible nuit où tu vis fuir ta dernière espérance de paix et de
paradis; et tu étais livrée à une apathie incurable, blême,
sans vie, sans pensée, même, sans souffrance, froide victime, pouvant à peine répondre par un frisson à la volonté
de ton bourreau !

De nouveau, comme à *Mérou*, il a revêtu avec magnificence la prêtresse de la secte, et la montre éblouissante à
tous les yeux, semblable à l'épouse dévouée à l'orgueilleux
Nil, lorsque, avec tout l'éclat de la pompe nuptiale, elle
marche au sacrifice et se précipite dans les flots (*l*). Et
comme la jeune fille laisse pencher son front d'où la pensée
a fui, il dit à ses esclaves crédules qu'elle est sous un
charme, et que l'aube qui approche et va finir son enchantement, sera l'aurore de l'affranchissement de la foi. Et,
si de temps en temps, quelques paroles étranges s'échappent de ses lèvres, aussitôt l'audacieux Imposteur les
transforme en oracles du destin; il salue des signes célestes dans les éclairs de ses yeux, et il fait de ses cris un
langage divin !

*

Mais son art s'épuise à la fin; le désespoir l'environne;
et la famine vient, glanant tout ce que le sabre a épargné.
En vain, matin et soir, ses regards plongent dans la plaine,
au Nord, d'où il attend les hordes sauvages et les Montagnards tartares. Ils ne viennent pas, et les fiers assiégeants
les enveloppent de machines formidables, d'un pouvoir de
destruction inconnu jusqu'alors : javelines qui traversent
les cieux, enguirlandées de flammes, globes rougis au feu
éclatant au-dessus de leurs têtes, éclairés par une source de
naphte, tombant en pluie qui les consume ! On dirait qu'à
travers la nuit qu'ils illuminent, ces nouveaux projectiles
sont lancés, comme ces oiseaux sauvages que les mages,
aux grandes solennités, chassaient dans les airs, après avoir
attaché à leurs puissantes ailes des branches enflammées,
pour aller partout propager l'incendie. Pendant toute la

nuit, les malheureux atteints par ces dards de feu font retentir les airs des gémissements de leur agonie. La mort et
la dévastation, dans une horrible fête, envahissent tour à
tour les rues plantées de sycomores, les dômes, les bazars
solitaires où ne se déroulent plus les draperies d'or, les
riches bains de marbre où les jets d'eau ne font plus jaillir
que du sang, et les hauts minarets, où le soleil, à son coucher, ne voit plus les croyants courir à la prière.

Mokanna voit que le monde lui échappe! Ce ne sera pas
sans le frapper d'un dernier coup.

— « Quoi donc ? quelle est cette langueur et cette lassitude ?
Ainsi parle-t-il froidement à ceux qui peuvent encore l'entendre, à ces esclaves qui l'entourent, mourant à la lueur
des temples en flammes. Que signifie cet accablement qui
s'empare de vous, au seuil même de la victoire ; lorsque
Allah lui-même a purifié nos rangs, en les débarrassant de
ces branches grossières qui arrêtaient les rayons dont il
nous favorise, nous, les héritiers de la lumière, les enfants
de la puissance, les rares élus qui, triomphants sur tous,
allons survivre à la chute des trônes et des rois? Avez-vous
donc perdu, vous qui vous abandonnez à de lâches murmures, avez-vous oublié votre foi dans celui qui est votre
lumière et votre étoile ? Avez-vous oublié la gloire que
vous cache ce voile, les yeux redoutables qui en soulevant
seulement leurs paupières devant les millions de soldats
du Calife, peuvent les réduire en poudre ? Assez longtemps
ces éclairs ont dormi. Mais la terre va connaître et éprouver,
la puissance de ce front enfin dévoilé. Cette nuit même,
oui, cette nuit, hommes saints! je vous convie à la sublime
fête, où, après avoir relevé vos forces épuisées avec les mets
dont le ciel nourrit ses élus, après avoir rafraîchi vos lèvres
desséchées avec le vin que les jeunes filles aux yeux noirs

conservent, en haut, pour ceux qu'elles aiment, je montre-
rai moi-même, sans voile à votre vue, les beautés merveilleuses, la lumière ineffable de ce visage; et, vous conduisant
alors vers les myriades qui nous entourent, un clin d'œil
les dispersera, épouvantées et hurlant de frayeur, à travers
l'univers! »

Pendant qu'ils l'écoutent, chacun de ses accents fait tressaillir leurs cœurs brisés et *malades d'espérance*, espérance
empoisonnée comme le breuvage qu'il leur prépara et dont
meurt celui qui en boit! Dans leur égarement, ils dirigent la
pointe de leurs lances vers la lumière du soleil couchant en
criant tous : « Cette nuit! » et leur chef répète : « Cette
nuit! » sur un ton ironique, avertissant l'enfer de se réjouir
des nouvelles victimes qu'il va lui envoyer.

Jamais la terre ne vit deuil plus triste que leur joie! Ici
les misérables près d'expirer s'attachent aux quelques êtres
dont l'organisation de fer a résisté aux ravages de la faim,
et leurs cris de triomphe ressemblent aux éclats de rire du
forcené; d'autres, à la lumière des incendies, semblables à
de lugubres spectres, autour d'un bûcher funéraire, dansent
parmi les morts et les mourants; et près d'eux plus d'un,
arrachant de sa blessure le dard enflammé, l'agite avec
d'horribles transports, au dessus de sa tête.

Il était, maintenant, plus de minuit. Un silence effrayant
a succédé aux applaudissements sauvages qui éclataient
tout à l'heure dans les jardins royaux où le démon voilé
avait donné sa fête maudite, lorsque *Zélica*, qui devait
prendre sa part de toutes les horreurs, reçut l'ordre de se
rendre au banquet, ordre apporté par un esclave qui, l'ayant
prononcé d'une voix tremblante, bleuit tout à coup,
comme si les ombres du tombeau l'entouraient, et, avant
d'avoir pu répéter son message, tomba mort à ses pieds !

Elle accourut, l'âme oppressée d'une angoisse nouvelle ; ce présage, lui annonçant que la dernière heure de sa sombre destinée approchait, rappela sa raison. Autour, tout semblait tranquille ; l'ennemi lui-même avait suspendu le jeu de ses tonnerres, comme s'il eût voulu laisser s'accomplir la fête du démon, et, bien que le ciel fût encore rouge, c'était du reflet de conflagrations éloignées.

Mais écoutez : elle s'arrête, elle écoute ; quel est ce bruit ? C'est l'éclat de rire de son bourreau, puis un gémissement, un long gémissement de mort. Est-ce là un lieu de joie, le bois de la Révélation ? Elle entre ; oh ! saint Allah, quel horrible spectacle frappe sa vue ! A la lueur de l'aube pâle et naissante, mêlée à l'éclat lugubre et blafard des torches que des mains mourantes laissent échapper, elle voit, infernale ironie ! fumer de riches encensoirs au milieu des luxueuses draperies, des guirlandes de fleurs, des urnes et des coupes où ils viennent de s'enivrer ; l'or, les diamants brillent de toute part. Mais quel est le breuvage ? Ah ! qui peut le demander, s'il a vu ces hôtes livides dont les têtes enflées, bleuâtres, retombent sur la poitrine, ou essaient de se tourner vers le ciel, y cherchant un pardon qu'elles n'obtiennent pas ; comme si elles sentaient, tourment plus cruel que le poison qui les dévore, le tourment du remords ! Quelques-uns plus braves, plus hardis, ceux qui dans la bataille, auprès de l'Imposteur, auraient reçu la mort avec ravissement, dans leur muet désespoir, jetaient en expirant le regard d'une horrible vengeance sur le tourmenteur de leur âme, sur ce démon moqueur dont le voile écarté leur montrait maintenant, à l'heure de l'agonie, non pas cet ange de lumière dont le front glorieux devait tout conquérir et racheter, mais les plus horribles traits que l'enfer ait jamais conçus. Jamais démon du désert (*m*), jamais goule

hideuse ne vint des lugubres profondeurs de la tombe
projeter sur l'homme une lueur empoisonnée comparable
à ces traits repoussants que l'Imposteur découvre maintenant, avec un ricanement épouvantable.

— « Oui, sages et saints, ici regardez votre lumière, votre
étoile! Vous vouliez être dupes et victimes; vous l'êtes.
Est-ce assez? ou, pendant qu'un peu de vie s'agite encore
dans votre poitrine, faut-il encore vous tromper? jurer que
la mort horrible qui vous fait tressaillir est la joie céleste
qui commence; que cet horrible visage, plus monstrueux
que celui de l'homme en pourriture, est l'image de Dieu
même, et que... Mais, avant que j'aie tout dit, vos âmes
misérables auront fui. Adieu, doux esprits; vous ne mourez
pas en vain, si *Eblis* vous aime autant que je le fais. — Ah!
ma jeune épouse! c'est bien; prends un siège. — Allons,
approche! — Non, ne tremble pas! — N'as-tu jamais vu de
morts, avant? Ils étaient à notre noce, cher ange! Et ceux-
ci, mes hôtes de cette nuit, ont vidé la coupe que tu vide-
ras encore avec moi. — Allons, viens. Remplis-la jusqu'au
bord, et bois; — il en reste assez pour enflammer les veines
d'une belle prêtresse. Allons, bois et viens dans les bras
vainqueurs de ton époux. Avant que ces lèvres aient perdu
tous leurs charmes, partage avec lui le poison de ton dernier baiser; et je pardonnerai son bonheur à mon superbe
rival. Pour moi, je vais mourir aussi, non comme ces êtres
vils, pour laisser mon front servir au triomphe d'un *Ruffian;*
non, race maudite; depuis que je respire, tu as été ma dupe,
et tu le seras même par ma mort. Vois là, dans l'ombre,
cette citerne remplie de drogues enflammées; elles brûlent
pour cette dernière heure. Je vais m'y plonger : c'est un
bain de flamme bien fait pour recevoir l'enveloppe d'un

prophète mourant. Tous ont péri, et, quand ton cœur aura cessé de battre, il n'en restera pas un pour conter cette histoire à l'humanité. Alors mes sectaires, partout où ils porteront leur délire, proclameront que leur saint est retourné au ciel ; que j'ai laissé la terre pour un temps, seulement, pour revenir dans l'éclat de ma gloire. Ils m'élèveront des autels dont les fourbes se feront prêtres, où les fous s'agenouilleront, où la foi murmurera ses paroles magiques, écrites avec le sang, et où la superstition enflera ses voiles pour aller au ciel, poussée par les souffles de l'enfer ! Aussi, ma bannière se déploiera à travers les âges, servant de signe de ralliement à la fraude et à l'anarchie. Des rois à venir célèbreront le nom de *Mokanna*, et mon esprit dominera toutes les tempêtes de crimes et de sang qui furent la joie de ma vie ! — Mais, entends ; leurs machines ébranlent la muraille ! Eh bien ! qu'ils la renversent : je les brave tous. Aucune trace de moi ne doit les réjouir ; et je puis m'en fier à toi, car tu seras muette ! Et maintenant, vois comme en un instant, et d'un seul bond, un damné devient une divinité ! »

A ces mots, il s'élance, s'enfonce et disparaît ; et le gouffre dévorant se referme sur sa tête. Et Zélica fut laissée, le seul être vivant, en dedans de ces murs, seule, misérable, respirant encore d'un souffle maudit, dans cette horrible solitude de la mort, semblable à ces spectres qui habitent solitaires, les cités du Silence ; et qui, invisibles à tous excepté à Allah, s'asseoient, chacun à part, veillant muet, sur son propre cadavre !

✳

Mais le matin s'est levé et une nouvelle ardeur s'est emparée des assiégeants. Leurs globes de feu (terrible artillerie empruntée à la Grèce par le conquérant Mahady) fendent les airs ; les flèches empoisonnées, les carreaux lancés par les machines, la foule des soldats abrités sous le bouclier et balançant le puissant bélier, tout dit l'impatience des Islamites et leur volonté d'essayer enfin si les tours, les créneaux et les murs bastionnés ne seront pas maintenant moins difficiles à emporter que les cœurs des assiégés. Le premier en ardeur et en travail est le bouillant *Azim*. Oh ! puisse-t-il tenir ce monstre, vivant dans sa main ! Ni la griffe du lion, ni l'étreinte du boa ne donnent une idée de l'enlacement formidable de la vengeance et de la haine ! Le lourd bélier frappe les plus terribles coups ; le rempart s'ébranle ; un arc-boutant se détache ; mais la brèche n'est pas ouverte.

« Une fois encore ! » s'écrie-t-il. Les troupes exaltées ramènent la puissante masse et, la projetant ensemble comme un tonnerre, la muraille est renversée. « Vite, vite ! une dernière décharge de puissante catapulte, et *Neksheb* est à nous ! » Les bastions tombent et les remparts entr'ouverts bâillent comme une vieux cratère, dont une éruption nouvelle laisse voir au fond de l'abîme les ruines d'une ancienne cité ! C'est étrange en vérité : pas un signe de vie, pas un être vivant, pas un mouvement. Que signifie ce calme ? Pendant une minute les yeux et les cœurs sont en suspens ; mais le prudent Calife soupçonne un piège sous cette sinistre tranquillité, et réprime l'ardeur de ses soldats, au moment où *Azim* s'écrie : « En avant, à la brèche ! »

C'est alors qu'on voit, sortant de ces murailles en ruines, s'avançant à pas lents, un personnage, que les rayons du soleil éclairent. Tous les yeux l'aperçoivent et le reconnaissent à son voile d'argent si bien connu ! — C'est lui ! c'est lui! C'est *Mokanna*, et seul. Tous vont se précipiter; mais *Azim* bondit sur son coursier. « Pour moi! Calife, pour moi seul! Il est mien; à moi la tâche de combattre cet audacieux misérable; c'est tout ce que je réclame! » Rapide comme la flèche, il s'élance contre le démon ennemi, qui s'avance, toujours doucement, au milieu des monceaux de ruines. Il vient, il approche, il se jette lui-même sur la lance d'*Azim*; puis, rejetant son voile, tombe et découvre. Oh! c'est elle, Zélica! c'est le sang de sa Zélica dont il est inondé!

« Ne t'afflige pas, Azim! lui dit-elle d'une voix caressante, inclinant sa tête sur ses bras tout tremblants et découvrant sur son visage des angoisses supérieures à toutes les soufffrances de la chair; ne t'affliges pas; quoique une mort, trouvée près de toi, soit un bonheur dont tu ne voudrais pas me priver, tu ne sauras jamais combien de fois j'ai prié Dieu pour qu'il me fasse mourir ainsi! Mais le trop peu de poison de ce démon n'aurait fait que prolonger ma folie, et j'ai pensé qu'à la vue de ce voile, je tomberais, soudain, percée de mille coups. Mais bien plus douce est ma mort! Oh! crois-moi; je n'échangerais pas cette triste, mais chère caresse, cette mort dans tes bras pour la plus souriante et la plus heureuse vie. Tout ce qu'il y avait de sombre et de lugubre dans mon âme égarée est, dès à présent, demeure dissipé; et si tes lèvres me disent seulement que je suis pardonnée, les anges, dans le ciel répèteront ces paroles bénies! Mais toi, Azim, vis, pour que je puisse un jour t'appeler encore mien!

« Mon Azim! rêve divin! vis; si tu m'as jamais aimée, s'il doit t'être doux de te trouver encore avec moi au delà du tombeau; vis, afin de prier pour moi et plier, soir et

12

matin, le genou devant cette divinité que n'implorèrent
jamais en vain des cœurs sans tache comme le tien, des
lèvres pures comme les tiennes! Prie la, pour qu'elle par-
donne, pour qu'elle prenne en compassion l'âme qui n'a
d'autre souvenir que ton amour, d'autre désir que d'être
tienne pendant toute l'éternité! Retourne dans ces champs
nouveaux où nos cœurs se sont unis pour la première fois,
où chaque zéphir qui caressera ton visage t'apportera la
douceur de ces innocentes heures. Là, tes prières, semblables à l'aube qui remonte au ciel avec les premiers
rayons du soleil levant, s'élanceront vers les cieux avec
l'ardeur et la pureté de notre premier amour. — Et puissent-
elles... — Mais, hélas! la vie m'échappe. Oh! une minute
encore! Puissent tes prières triompher· Et si jamais les
âmes pardonnées peuvent, dans ce monde de bonheur, venir
révéler leurs joies à ceux qu'elles aimèrent dans celui-ci, je
reviendrai te le dire dans un rêve céleste. Oh! ciel, je
meurs! cher aimé! Adieu! adieu! »

Le temps s'écoula; les années avaient succédé aux
années, et bien peu vivaient de ceux qui, dans ce triste
jour de deuil avaient pleuré sur la mort de la jeune fille et
sur l'agonie du jeune homme, — lorsque sur un tombeau
rustique, voisin des flots transparents du rapide *Amoo*, un
vieillard qui avait passé sa vie auprès du tombeau, en prière
matin et soir, s'agenouilla pour la dernière fois. C'est en
vain que s'étendaient sur lui les ombres de la mort; car un
rayon de ravissement céleste éclairait ses yeux et son visage,
comme un dernier flot d'intense lumière que le soleil jette
sur l'horizon, quand tout, ailleurs, est noir. Une vision lui
était apparue. Celle pour qui il avait prié et pleuré, pendant
tant d'années, était venue, embellie des sourires des anges,

et lui avait annoncé qu'elle était bénie ! Alors le vieillard rendit le dernier soupir, en remerciant Dieu ! et maintenant, sur les rives de ce fleuve aimé, lui et sa *Zélica* dorment à côté l'un de l'autre !

L'HISTOIRE du *Phrophète voilé du Khorassan* étant terminée, il restait à entendre les critiques de *Fadladeen*. Une suite nombreuse de mésaventures étaient arrivées à ce savant chambellan pendant le voyage. D'abord, les courtisans établis, comme pendant le règne du *Shah Jehan*, entre Delhi et les côtes ouest de l'Inde, pour approvisionner la table royale de mangos, avaient, par une cruelle négligence, failli à leur devoir; et manger des mangos autres que ceux de Mazagong était chose impossible. En second lieu, l'éléphant chargé de ses belles porcelaines anciennes avait, dans un élan de gaieté inaccoutumée, mis le tout en pièces, perte irréparable! car plusieurs pièces de ce beau service étaient si anciennes qu'elles avaient servi sous les empereurs *Yan* et *Thun* qui régnaient plusieurs siècles avant la dynastie de *Tang*. Son Koran, un exemplaire supposé être celui où le pigeon favori de Mahomet avait l'habitude de nicher, avait été égaré deux ou trois fois par son porteur (Koran-beerer), non sans de grandes alarmes spirituelles de *Fadladeen*, qui, professant, avec tous les musulmans orthodoxes, que, le salut ne pouvait être trouvé que dans le Koran, était fortement soupçonné de croire, au fond du cœur, qu'il ne pouvait être trouvé que dans son exemplaire. Si l'on ajoute à toutes ces contrariétés l'entêtement des cuisiniers s'obstinant à mettre dans les plats du poivre de *Canara* au lieu de la canelle de *Sereabid*, on comprendra facilement que l'irritabilité du critique était arrivée à un degré suffisant pour l'examen qu'il se proposait.

— « Dans le but, dit-il (balançant d'un air plein d'importance son chapelet de perles), d'exposer avec clarté mon opinion sur l'histoire que ce jeune homme vient de conter, il est nécessaire de passer en revue toutes les histoires qui ont.....

— « Mon bon *Fadladeen*, s'écria la princesse en l'interrompant, nous ne méritons pas vraiment que vous preniez tant de peine. Votre

opinion sur le poème que nous venons d'entendre suffira très bien,
sans autre développement de votre très appréciable érudition.

— « S'il suffit (répondit le critique, évidemment mortifié qu'il ne
lui fût pas permis de montrer combien il savait de choses étrangères au
sujet en question), si c'est là tout ce qu'on demande, l'examen sera
bientôt fait. » Il commença alors à analyser le poème, suivant la méthode si bien connue des bardes infortunés de Delhi, pour qui ses
censures étaient une humiliation dont ils ne se relevaient jamais, et ses
éloges, un miel semblable à celui qui est extrait des fleurs amères de
l'aloès.

Les principaux personnages de l'histoire étaient, s'il avait bien compris, un *gentleman* disgracié, cachant sa face sous un voile, une jeune
dame dont la raison vient et s'en va au bon plaisir du poète, suivant
qu'il lui convient de la rendre sensible ou autrement, et un jeune
homme, de ceux qui portent ces affreux bonnets buchariens, qui
prend ledit *gentleman* au voile pour une divinité.

« Que peut-on attendre, dit-il, de pareils éléments ? Après les avoir
fait rivaliser l'un l'autre de bavardage et d'absurdités à travers quelques
milliers de vers aussi indigestes que les noisettes de *Bordaa*, notre ami
du voile se jette dans une cuve d'eau-forte ; la jeune dame meurt en
prononçant un discours dont la seule recommandation est qu'il est
le dernier ; et le jeune homme vit jusqu'à un âge très avancé, dans le
louable dessein de voir le fantôme de la jeune dame ; ce qui lui arrive,
heureusement ; après quoi, il expire. Voilà, permettez-moi de le dire,
un résumé fidèle de l'histoire, et si Nasser, le marchand arabe, n'en
contait pas de meilleures, notre saint Prophète (à qui soit rendu tout
honneur et toute gloire !) n'avait pas besoin d'être jaloux de son
habileté.

« Quant au style, il était, en tout point, digne de la matière ; il
n'offrait ni ces efforts ingénieux de structure qui relèvent la vulgarité
des pensées, ni cette majestueuse phraséologie poétique par laquelle des
sentiments, médiocres en eux-mêmes, brodés et embellis, deviennent
comme le tablier de forgeron qui fut changé en bannière royale. Pour
la versification, ce n'était pas trop de dire qu'elle était exécrable ; elle

n'avait ni le flux abondant de Terdosi, ni la douceur d'Hafez, ni la marche sentencieuse de Sadi ; mais ellelui paraissait, dans la lourdeur disgracieuse de ses mouvements, avoir été modelée sur la démarche d'un dromadaire très fatigué. Et les licences qu'on s'était permises étaient impardonnables.

« Exemple d'un de ces mauvais vers, si nombreux dans le poème :

Like the faint, esquisite music of a dream !
Comme la faible, exquise musique d'un rêve !

« Quel critique sachant compter et ayant tous ses doigts pourrait tolérer, un instant, cette superfluité de syllabes ? »

Ici, il jeta un regard sur l'assemblée et s'aperçut que presque tout son auditoire était endormi et que les lampes, dont la lueur baissait, l'invitaient à imiter cet exemple. Il était donc nécessaire, bien que cela lui fût pénible, d'arriver à une conclusion de ses remarquables observations ; et il termina ainsi, avec un air de noble candeur : « Malgré les réflexions que j'ai cru de mon devoir de communiquer, ce n'est pas mon désir de décourager ce jeune homme. S'il veut en effet, changer complètement sa manière d'écrire et de penser, je ne doute pas qu'il ne réussisse à me faire le plus grand plaisir ».

Plusieurs jours se passèrent, après la harangue du grand chambellan, avant que *Lalla-Rookh* s'aventurât à demander une autre histoire.

Le jeune homme était encore bien accueilli dans le pavillon, accueil peut-être trop dangereux pour le cœur de quelqu'un (*to one heart*), mais, d'un commun accord, il n'était plus question de poésie. Bien que dans le cortège personne ne fût pénétré d'un très profond respect pour *Fadladeen,* ses critiques si magistralement prononcées avaient évidemment fait impression sur tous. Le poète lui-même, pour qui la critique était une opération tout à fait nouvelle (elle est totalement inconnue dans Cachemire, le paradis des Indes), sentit le coup, comme cela a ordinairement lieu la première fois, et jusqu'à ce que l'habitude l'ait rendu tolérable. Les dames commençaient à soupçonner qu'elles avaient eu tort de trouver l'histoire agréable, et que, sans doute, il y

avait un grand bon sens dans ce qu'avait dit *Fadladeen*, puisqu'il avait
réussi à les endormir profondément. Pendant ce temps le chambellan,
dans son admiration pour lui-même, s'abandonnait à l'idée triomphale
d'avoir pour la cent cinquantième fois, dans sa vie, *éteint* un poète.
Lalla-Rookh seule, et l'amour sait pourquoi, persistait à être enchantée
de ce qu'elle avait entendu, et à prendre la résolution d'en entendre
davantage, aussitôt que possible.

Sa manière de revenir sur le sujet fut, d'abord, assez malheureuse.
C'était pendant le repos du milieu du jour, par la chaleur de midi;
on s'était arrêté près d'une fontaine où une main avait grossièrement
tracé sur la pierre ces paroles bien connues du *Jardin de Sadi* : « Plusieurs, comme moi, ont vu cette fontaine ; mais ils sont partis, et leurs
yeux sont fermés pour toujours ». *Lalla-Rookh* prit occasion de la
mélancolique beauté de ce passage pour s'étendre sur les charmes de
la poésie, en général.

— « Il est vrai, dit-elle, peu de poètes peuvent imiter cet oiseau sublime
qui vole toujours dans les airs, sans jamais toucher la terre. Ce n'est
qu'une fois, en bien des siècles, qu'apparaît un génie dont les paroles,
comme celles qui ont été écrites sur la montagne, durent éternellement;
mais il en est d'autres, aussi agréables, peut-être, quoique moins étonnantes, qui, si elles ne sont pas des étoiles sur nos têtes, sont, au
moins, le long du chemin, des fleurs dont nous sommes heureux de
respirer un moment les parfums, sans leur demander un éclat et une
durée supérieure à leur nature.

« Bref, continua-t-elle (en rougissant, comme ayant conscience d'être
bien comprise), il est cruel qu'un poète ne puisse s'égarer dans les
régions enchantées, sans porter, comme le vieillard de la mer, un
critique sur ses épaules. » *Fadladeen,* c'était clair, prit pour lui cette
malheureuse allusion, et la recueillit dans son esprit comme un trait à
l'adresse de sa récente critique. Soudain, le silence se fit, et la princesse, lançant un regard à Féramorz, vit bien qu'elle devait attendre
un autre moment.

Mais les splendeurs de la nature, les beaux sites, l'air embaumé,
unissant leurs impressions de fraîcheur à celles de deux jeunes cœurs,

guérissent vite des blessures plus profondes, même que celles que
peuvent faire tous les *Fadladeen* de ce monde. Un ou deux soirs après,
on atteignit la petite vallée des Jardins, qui avait été plantée par ordre
de l'empereur pour la sœur favorite Rochinara, pendant leur voyage à
Cachemire, quelques années avant. Et jamais plus brillant assemblage
de jolies choses n'avait été vu là, depuis la *Gulzar-e-Irem* ou le *bois de
roses d'Irem*. Toutes les fleurs précieuses consacrées par la poésie,
l'amour et la religion étaient là réunies, depuis la sombre hyacinthe à
laquelle Hafez compare la chevelure noire de sa maîtresse, à la *cama-
lata* dont les pétales roses embaument le paradis de l'Inde. Comme on
s'asseyait à la fraîcheur de cet endroit ravissant, *Lalla-Rookh* observa que
l'imagination en ferait aisément la demeure de cette nymphe, amante
des fleurs, qu'on adore dans les temples de Kathay, ou d'une de ces
Péris, ces belles créatures de l'air, qui vivent dans les parfums, et à qui
un lieu comme celui-là pouvait offrir quelques compensations, pour le
paradis qu'elles avaient perdu. Le jeune poète, à qui elle parut, pendant
qu'elle parlait, semblable à une de ces brillantes créatures qu'elle
décrivait, dit avec hésitation qu'il se rappelait une histoire de Péri, et
qu'il s'aventurerait à la conter à la princesse, si elle voulait le permettre : « Elle est, dit-il, avec un regard à l'adresse de Fadladeen,
dans un style plus modeste et plus léger que l'autre ». Et, faisant
résonner les cordes de sa guitare de quelques notes négligées,
mélancoliques, il commença ainsi :

NOTES DU PROPHÈTE VOILÉ DU KHORASSAN

CHANT PREMIER

(a). Page 20. — Les villes de Koom et de Kashan sont remplies de mosquées, de mausolées et de sépultures des descendants d'Ali, les saints de la Perse. (Chardin).

(b). Page 21. — Une île du golfe Persique, célèbre par ses vins blancs.

(c). Page 21. — Puits miraculeux de la Mecque, qui doit son nom *Zemzem*, dit Sale, au murmure que font entendre ses eaux.

(d). Page 21. — Le Dieu Hannaman.

(e). Page 22. — Sorte d'éclairage employé autrefois par les voleurs, chandelle appelée main de gloire composée avec la graisse des cadavres des malfaiteurs.

(f). Page 27. — L'ancien conte du Trochilus, oiseau qui entre impunément dans la gueule du crocodile, est considéré comme vrai par les habitants de Java. (Barrow.)

CHANT II

(a). Page 32. — Les bouts de leurs doigts teints avec le henna ressemblent à des branches de corail. (Histoire du Prince Futtun dans le Bahardanush.)

(b). Page 32. — Arbre fameux par ses parfums, très répandu sur les montagnes de l'Arabie. (Niébuhr.)

(c). Page 33. — Sorte de mimosa qui incline ses branches vers ceux qui s'approchent de lui comme pour le saluer. (Niébuhr.)

(d). Page 34. — C'est d'où vient le bois d'Aloès que les Arabes appellent Oud-Comari et celui de Sandal qui s'y trouvent en grande quantité. (D'Herbelot.)

(e). Page 40. — Sur les côtes de la Caspienne, près du Badku, était une montagne brillante comme le diamant, éclat qui provenait des nombreux cristaux dont elle est couverte. (Voyage de l'ambassadeur de Russie en Perse, en 1746.)

13

CHANT III

D'après les poètes orientaux.

(*a*). Page 53. — Les édifices de Chilminar et de Balbec ont été bâtis par les génies sous les ordres de Ian-ben-Ian qui gouvernait le monde longtemps avant l'époque d'Adam.

(*b*). Page 54. — Cette trompette est appelée en Abyssinie *nesser-cano,* qui signifie notes de l'aigle.

(*c*). Page 54. — Les deux étendards noirs portés devant le calife étaient appelés *la nuit et l'ombre.* (Gibbon.)

(*d*). Page 55. — Les habitants de l'Arabie petrée sont appelés par les écrivains orientaux : *le peuple du Rocher*. (Ebn. Haukal.)

(*e*). Page 55. — Azab ou Saba.

(*f*). Page 55. — Les chefs des Tartares Uzbek portent à leur turban la plume de Héron. (Récits sur la Tartarie indépendante.)

(*g*). Page 55. — Les Guèbres, premiers habitants de la Perse, restés fidèles à l'ancienne religion de Zoroastre et qui après la conquête arabe furent persécutés par leurs vainqueurs, et devinrent de courageux bandits.

(*h*). Page 56. — *Yezd*, l'ancienne résidence de ces adorateurs du feu qui le gardèrent pendant plus de trois mille ans sans qu'il s'y soit jamais éteint, sur une montagne voisine de Yezd appelée *Ater-Quedah*, ce qui veut dire la *maison du feu.*

(*i*). Page 56. — Près de *Barku* est une île de la Caspienne où se trouvent des sources de Naphte.

(*j*). Page 59. — L'ancien Oxus.

(*k*). Page 60. — Une ville de la Trans oxiane.

(*l*). Page 64 — Une coutume qui subsiste encore prouve que les Égyptiens sacrifiaient autrefois une jeune vierge au dieu du Nil. Ils forment d'argile une statue en forme de jeune fille qu'ils appellent la fiancée et la précipitent dans le Nil. (Savary.)

(*m*). Page 67. — Les Afghans croient que chacun de leurs nombreux déserts est gardé par un démon nommé Gonle.

LE PARADIS ET LA PÉRI.

LE PARADIS ET LA PÉRI

UNE péri s'arrêta un matin, à la porte de l'Eden ; et lorsqu'elle eut écouté les sources de la vie d'où coulait à flots l'harmonie, elle pleura, en pensant que sa race infidèle avait, pour toujours, perdu sa place au séjour de gloire.

« Combien heureux, s'écria cet enfant de l'air, sont les esprits saints qui errent au milieu de fleurs qui ne se flétrissent jamais ! Quoique les jardins de la terre et des mers soient à moi, et que, pour moi, les étoiles, elles-mêmes, aient des fleurs, un seul bouton du ciel est d'un parfum bien plus doux.

« Poursuis ton vol, mon aile, d'un astre à un astre, d'un soleil à un autre soleil, aussi loin que l'univers étend ses murailles de flamme ; prends tous les plaisirs de tous ces mondes ; et multiplie-les par des années sans fin, une minute du ciel a bien plus de prix! *(is worth them all).*

*

Le glorieux ange qui gardait les portes de la lumière entendit ses plaintes :

« Nymphe d'une famille gracieuse mais volage, lui dit-il avec douceur; un espoir te reste.

« Il est écrit au livre du destin : la Péri peut encore être pardonnée si elle apporte au séjour éternel le don le plus cher au ciel! va; cherche ce bien et rachète ton passé ; il est doux d'ouvrir la porte au pardonné ; »

*

Comme la comète qui vole aux baisers du soleil, plus rapide que ces feux étoilés, lancés, la nuit, par la main des anges aux esprits sombres et audacieux qui voudraient escalader les hauteurs célestes, la Péri descend de la voûte azurée, et arrive sur la terre, avec un rayon échappé des yeux du matin...

*

Ses petites ailes caressaient l'atmosphère de cette suave terre indienne dont l'air est embaumé, dont l'océan étend ses flots sur des couches d'ambre et des bancs de corail.

Mais ses rivages sont maintenant rougis de sang humain, l'odeur de la mort s'élève de ces bois d'épice; et l'homme, sacrifice de l'homme, corrompt tous les parfums qui se dégagent des innocentes fleurs.

Terre du soleil, quel pied a envahi tes pagodes et tes colonnes ombragées, tes cavernes sépulcrales et tes idoles de pierre, tes rois et leurs mille trônes ? C'est lui, l'homme de Gasna ! Il paraît, et les diadèmes de l'Inde gisent, épars, sous ses pas destructeurs !...

La Péri abaisse son regard sur ce sombre théâtre de carnage ; et, sur le champ de bataille ensanglanté, elle aperçoit un jeune guerrier, debout, solitaire, sur les rives qui l'ont vu naître. Le sabre rougi est brisé dans sa main ; une dernière flèche reste dans son carquois.

« Vis, lui dit le conquérant ; vis pour partager mes trophées et mes couronnes. »

En silence, le jeune guerrier se retourne ; en silence, il montre les flots rougis du sang de ses frères et lance son dernier trait au cœur de l'envahisseur ;

Le trait n'atteint pas le but ; le tyran vit, le héros succombe. La Péri voit l'endroit où il est tombé et quand le combat est fini, descendant doucement sur un rayon du matin, elle recueille la dernière, la dernière et glorieuse goutte de sang versée par un cœur libre, avant que l'âme, toujours libre, l'ait abandonné.

Sois mon don de bienvenue aux portes de lumière, s'écrie-t-elle, en prenant son vol. Quoique vainement coule souvent le sang sur les champs de bataille, celui-ci, versé, pour la liberté, est si saint qu'il ne souillerait pas le plus pur ruisseau qui brille dans les bosquets de l'éternel séjour ;

Oh ! s'il est dans cette sphère terrestre une offrande digne du ciel, c'est la dernière goutte de sang d'un cœur brisé, en défendant la sainte cause de la liberté !

« Bien doux, dit l'ange, recevant le don dans sa brillante main, bien doux est notre accueil au brave qui meurt ainsi

pour la patrie ; mais vois ; hélas, la barrière de cristal ne
remue pas. Il faut un don encore plus sacré pour t'ouvrir
les portes du ciel. »

*

Ce premier espoir déçu, la Péri prend maintenant son
vol au sud, vers les montagnes de la Lune, et rafraîchit son
plumage aux sources du fleuve Égyptien dont le berceau
se dérobe aux enfants des hommes. Bientôt, elle plane sur
les bosquets de palmiers de l'Égypte. Puis, l'esprit exilé,
écoute, en soupirant, les tourterelles de la vallée de Rosette
et contemple le clair de lune, se jouant sur les blanches
ailes des pélicans qui reposent sur l'azur calme du lac
Mœris...

*

C'était un beau spectacle ; jamais l'œil d'un mortel ne
vit terre plus éclatante ! Aurait-il pensé, celui qui, cette
nuit-là, aurait vu ces vallées remplies de leurs fruits d'or,
se balançant dans la plus pure lumière du ciel, ces groupes
gracieux de dattiers, courbant leur tête couronnée de feuillage, semblables à des jeunes filles que le sommeil conduit
chancelantes, à leurs couches dorées ; aurait-il pensé que là
même, au milieu de ces scènes si pures et si tranquilles, le
démon de la peste avait soufflé une haleine si mortelle
qu'il n'en fût jamais de comparable au milieu des sables rouges et enflammés du désert ? Haleine si terrible que toute
forme humaine vivante sur laquelle elle avait passé s'incli-
nait flétrie, et périssait comme la plante que le Simoun a
touché de son aile embrasée ! Plus d'un que le soleil avait

trouvé plein de fraîcheur et de santé, agonise maintenant
dans la maison des pestiférés et ne verra plus jamais, ce
soleil !

« Pauvre race humaine, dit le doux esprit ému, chèrement
vous payez votre première faute ; vous avez hérité de quelques fleurs de l'Eden ; mais, sur elles toutes est la queue
du serpent. » Il pleura ; l'air devint plus pur et plus clair
autour de lui pendant que les larmes coulaient. Tel est le
pouvoir magique attaché aux pleurs que ces aimables
esprits versent pour l'homme ?

Juste en ce moment, sous les orangers dont les fruits
balancés par la brise jouaient avec les fleurs, comme
l'homme joue avec l'enfant, sous un bois verdoyant et frais
baigné par le lac, la Péri entendit les gémissements d'un
malheureux : c'était un homme dont la vie heureuse avait
vu bien des cœurs voler au devant du sien, et maintenant,
comme celui qui n'a jamais été aimé, il est venu là pour
mourir seul, misérable et abandonné ;...

*

Mais qui donc, là-bas, s'avance avec mystère ? Quel jeune
ambassadeur, dont les joues roses semblent porter les présents de la Santé vient chercher ces lieux mélancoliques ?
C'est elle ! Connaissant le sort de son époux bien-aimé,
elle accourt de loin, guidée dans l'ombre par le clair de
lune, elle qui préfère mourir avec lui que vivre sans lui pour
gagner un monde.

Oh ! laisse-moi respirer l'air, l'air béni que tu respires.
Ton haleine m'est douce, qu'elle m'apporte la mort ou la

14

santé. Tiens, bois mes pleurs pendant qu'ils peuvent couler. Je voudrais que mon sang fût un baume; bien, tu sais que je le verserais tout entier pour toi, pour donner à ce front une minute de calme! Ne détourne pas ton visage aimé. Ne suis-je pas tienne, ta chère, ton épouse, l'unique, la seule choisie dont la place est, dans la vie ou dans la mort, à côté de toi? — Peux-tu penser, toi, dont le regard est la seule lumière qui brille pour moi dans ce triste monde, que je pourrais supporter l'obscurité profonde où me plongera ton départ? Que je puis, toi parti, vivre sans toi qui est ma vie? Non, non, lorsque la tige périt la fleur qu'elle nourrit périt avec elle.

Tourne donc, tourne vers moi ton visage. Oh! mon amour, avant que je me flétrisse, colle à mes lèvres tes lèvres déjà froides, et partage le dernier rayon de vie qui les échauffe encore!

Elle dit, puis s'évanouit et s'affaisse, comme s'éteint la lampe plongée dans l'air épais d'une caverne; ainsi, au soupir douloureux du mourant tourné vers elle, s'éteint la douce lumière de ses yeux. Dans un dernier effort, son amant cesse de vivre, au moment où la jeune fille prend sur ses lèvres un dernier, un long baiser, qui lui donne la mort!!!

Dors, dit la Péri, en ravissant le tendre soupir de l'âme évanouie!...

De nouveau, elle s'élance vers les cieux, emportant le baiser, don précieux de l'amour pur, dévoué jusqu'à la mort; bien fort battait son cœur dilaté, par l'espoir : elle aura bientôt conquis la palme élyséenne; car le bel ange a souri, en recevant l'offrande de ses mains...

Mais, hélas! les Péri mêmes ont de vains espoirs. De nouveau les destins se montrent contraires ; la barrière immortelle reste fermée.

Pas encore, dit l'ange avec regret, détournant d'elle son regard glorieux. Fidèle fut la jeune fille ; et son histoire, écrite en lettres de feu sur la tête d'Allah, sera longtemps vue par des yeux de Séraphin. Mais vois : la barrière de cristal reste immobile. Plus saint encore, même que ce soupir, doit être le don qui t'ouvrira les portes d'Eden.

*

Et maintenant, sur les belles terres de la Syrie, les ombres du soir commencent à s'étendre, et le grand soleil, comme une sublime auréole, couronne le Liban dont l'hiver couvre les sommets d'un éternel et blanc linceul pendant que l'été est endormi à ses pieds, dans une vallée de fleurs. Mais rien ne peut calmer la tristesse de la Péri ; son âme est découragée, ses ailes sont fatiguées...

*

Cependant, tandis qu'elle plane au-dessus de la vallée de Balbec, elle aperçoit un enfant rose comme les belles fleurs sauvages au milieu desquelles il va, chantant et jouant, s'amusant à poursuivre de la main et des yeux les belles demoiselles bleues qui voltigent autour des tiges de jasmin, semblables à des *oiseaux-fleurs* ou à des *pierres précieuses volant*. Et, auprès du doux enfant qui, maintenant, fatigué de jouer, s'étend au milieu des roses, elle voit venir un homme aux formes rudes et grossières, qui descend de son coursier écumant et le pousse brutalement, avec colère auprès de la fontaine rustique d'un petit Imaret ; puis, il

laisse tomber son regard sinistre sur le bel enfant qui
repose là, sans crainte; quoique jamais les rayons du jour
n'aient éclairé visage plus féroce, plus menaçant; un front
sombre, semblable à un ciel orageux dont les nuages épais
sont sillonnés de lugubres éclairs, et où l'œil de la Péri peut
lire l'effrayante histoire de crimes sans nombre : la vierge
outragée, le tombeau profané, le serment violé et le voyageur immolé froidement sur le seuil de l'hospitalité ! Tout
cela est écrit sur ce front en lettres noires, comme les
gouttes qui tombent de la plume de l'ange dénonciateur.

*

Mais tranquille, maintenant, l'homme de crime, comme
si la fraîcheur du soir avait adouci son âme, regarde jouer
l'enfant, bien que, partout où l'éclair livide de son regard
rencontre les yeux sans nuage du joyeux petit chérubin, on
croirait voir les glorieux rayons du matin se mêler à la dernière lueur d'une nocturne et monstrueuse orgie.

*

Mais écoutez : le soir, du haut des mille minarets de la
Syrie, fait retentir les airs des chants qui appellent à la
prière, au moment où le globe du soleil va disparaître à
l'horizon. L'enfant est sorti du lit de fleurs où reposait sa
blonde tête, et maintenant, il s'incline à genoux et, tourné
vers l'astre glorieux, ses douces lèvres prononcent le nom
éternel de Dieu que ses yeux et ses mains semblent montrer au ciel :

On dirait un être céleste venu du Paradis, égaré au milieu de la plaine en fleurs, et cherchant maintenant à rega-
gner le foyer !

Oh ! ravissant spectacle ! ce ciel ! cet enfant !

Une scène qui aurait arraché un soupir, même à l'orgueilleux *Eblis*, au souvenir des joies perdues et de la paix évanouie.

*

Et lui, l'homme coupable ! Que se passe-t-il dans son cœur, pendant que, la tête inclinée, il revoit avec horreur tant d'années écoulées dans le crime, et que sa mémoire, l'emportant à travers les révoltes coupables de toute son existence, ne trouve pas une seule place qui lui permette de se reposer.

« Heureux enfant ! il fut un temps, dit-il, où, jeune et heureux comme toi, comme toi je voyais et je priais ; mais à présent !...

*

Sa tête s'inclina davantage. Le but de la vie, tous les sentiments généreux, toutes les nobles espérances, endormies depuis l'enfance, brillèrent en ce moment à ses yeux ; et il pleura ! il pleura ! Larmes bénies d'une âme pénitente ! larmes dont les flots salutaires et rédempteurs font connaître la première joie, la seule joie innocente qu'il soit donné au coupable de sentir.

« Voilà, dit la Péri, voilà la goutte qui, tombant de la lune, au milieu des ardeurs de juin, sur la terre égyptienne, contient un pouvoir si bienfaisant, une si admirable vertu, qu'au moment où elle touche le sol, la peste disparaît, et la terre et le ciel recouvrent la santé ! Oh ! n'est-ce pas ainsi, homme de péché, que tombent les précieuses larmes du

repentir ? Quelque dévorantes et profondes que soient tes
blessures, une goutte du ciel les a guéries.

*

Et maintenant, voyez-le agenouillé en humble prière à
côté de l'enfant, pendant que les mêmes rayons de soleil
éclairent, à la fois, l'innocent et le coupable, et que des
hymnes de joie font retentir le ciel des chants du triomphe
de l'âme pardonnée !

C'était au moment où le globe d'or venait de disparaître,
pendant qu'ils étaient encore à genoux. Jamais rayon, venu
d'étoile ou de soleil, aussi charmant que la lumière qui brilla
un instant sur la larme encore chaude, mouillant le visage
du pêcheur repentant ! Tout œil humain l'eût prise pour la
lueur de quelque météore ; mais la Péri, au comble du ravissement, reconnut bien vite le brillant sourire de l'ange l'in-
vitant à lui porter la précieuse larme qui doit l'introduire au
Paradis !

« Joie, joie pour toujours ! ma tâche est accomplie. La
porte est franchie ; j'ai conquis le ciel ! »

Et c'est là, dit le grand chambellan, c'est là de la poésie ! Ce flasque produit du cerveau qui, en comparaison des durables et sublimes monuments du génie, est comme la filigrane de *Zamara* à côté de l'éternelle architecture de l'Égypte !

Après cette superbe sentence que Fadladeen gardait pour de rares et importantes occasions, il commença l'anatomie du petit poème.

— La forme de vers, lâche et facile, dans laquelle il est écrit, dit-il, — doit être dénoncée comme une des principales causes de l'effrayante multiplication des poètes du temps. Si quelque rude leçon n'est donnée à cette facilité désordonnée, nous serons avant peu envahis par une race de bardes aussi nombreuse et aussi insipide que les cent vingt mille torrents de *Basra*. Ceux qui écrivent dans un style pareil méritent un châtiment pour leurs succès mêmes, ainsi qu'on a vu des guerriers punis, même après la victoire, pour s'être permis de vaincre contre les règles établies.

Que faire, alors, à ceux qui succombent ? à ceux, comme dans le cas actuel, qui présument assez de leur force pour imiter la licence des plus illustres, sans avoir la grâce et la vigueur qui conservent la dignité même à la négligence. Ils osent, comme eux, manier le *jereed* avec insouciance, mais manquent le but ; et, ajouta-t-il, en élevant la voix, pour mieux attirer l'attention de ses auditeurs, ils restent lourds et contraints, malgré toute la latitude qu'ils se donnent, comme ce jeune païen qui, dansant devant la princesse, dans des caleçons de la plus mince et légère étoffe de *Masulipatam*, se remuait comme si tous ses membres étaient appesantis sous de lourdes chaînes.

« Il ne pouvait convenir, continua-t-il, à un critique sérieux de suivre la fantastique Péri, dont on venait de parler, à travers ses aventures aériennes, entre le ciel et la terre ; mais il ne pouvait éviter de dénoncer cette puérile conception des trois dons qu'elle est supposée transporter aux cieux : une goutte de sang, en vérité ! un soupir et une larme !

En quelle manière le premier de ces articles avait été remis entre les « mains brillantes » de l'ange ; il avouait ne pouvoir s'en rendre compte ; et, quant au mode de transport du soupir et de la larme, c'étaient là des opérations dont des êtres aussi incompréhensibles que les Péri et les poètes pouvaient seuls s'occuper. Bref, dit-il, c'était perdre son temps que de s'arrêter encore sur une chose aussi irrémissiblement frivole, méprisable parmi les méprisables, une entreprise digne tout au plus (de *Banyan Hopital, pour les insectes malades*) !

En vain *Lalla-Rookh* essaya-t-elle d'adoucir l'inexorable critique ; en vain recourut-elle à ses dires les plus éloquents, rappelant que les poètes étaient une race timide et sensible dont on ne faisait pas exhaler les charmes et les parfums comme ceux des prairies du Gange, en les battant et en les foulant aux pieds ; que la sévérité rend souvent impossible toute chance d'arriver à la perfection qu'on attend d'eux ; et, qu'après tout, la perfection était comme la montagne du *Talisman* dont personne n'avait atteint le sommet.

Ni ces bienveillants *axiomes*, ni les regards plus doux dont elle les accompagnait ne purent faire descendre *Fadladeen* de ses hauteurs, ni obtenir de lui un semblant d'encouragement ou de tolérance pour son poète. La tolérance, en vérité, n'était pas au rang des vertus de *Fadladeen*. Il jugeait avec le même esprit les choses de la poésie et celles de la religion ; et, quoique peu apte à goûter les beautés sublimes de l'une et de l'autre, il était passé maître dans l'art de les persécuter. Son zèle à les poursuivre était le même, qu'il eût devant lui des païens ou des rimailleurs, des adorateurs de vaches ou des *écrivains d'épopée* (writers of epics).

*

Ils avaient atteint, maintenant, la splendide cité de Lahore aux magnifiques et innombrables mausolées, où la mort, qui semble honorée à l'égal du ciel, aurait profondément affecté le cœur et l'imagination de Lalla-Rookh, si d'autres sentiments plus terrestres ne s'étaient déjà complétement emparés d'elle.

Des messagers envoyés de Cachemire l'informèrent que le roi était venu dans cette vallée pour y préparer, lui-même, la somptueuse réception dont elle devait être l'objet dans les salles du *Shalimar*. Le frisson qu'elle éprouva à cette nouvelle, faite pour n'éveiller, dans le cœur d'une fiancée dont le cœur eût été libre, que des pensées d'affection et de plaisirs, lui apprit qu'il n'y avait plus de paix pour elle, et qu'elle aimait ; qu'elle aimait irrévocablement le jeune *Feramorz*. Le voile qui lui dérobait cette passion tomba ; et savoir qu'elle aimait lui fut aussi cruel qu'il lui était doux d'aimer sans le savoir.

Et quelle ne serait pas la misère de *Feramorz* si les douces heures qu'elle lui avait si imprudemment permis de passer en sa présence avaient exercé sur son cœur la même puissance de fascination ; si, malgré le rang de l'une et la modestie de l'autre, le jeune homme avait cédé à ces influences que des rencontres, embellies par la poésie, la musique et les admirables spectacles de la nature, rendaient si propres à unir leurs cœurs, et à éveiller cette passion à laquelle, ainsi qu'au jeune oiseau du désert, le regard suffit à donner la vie !

Elle comprit de suite qu'un seul moyen lui restait pour éviter d'être coupable autant qu'elle était malheureuse ; et, ce moyen, elle l'adopta aussitôt : il fut résolu que *Feramorz* ne serait plus admis en sa présence.

C'était un tort de s'être avancé aussi loin dans le dangereux labyrinthe ; mais persister eût été criminel. Si le cœur qu'elle avait à offrir au roi de Bucharie était froid et brisé, il était du moins pur ; et elle devait oublier la courte vision de bonheur dont elle avait joui, comme le berger arabe qui, errant dans le désert, entrevit un instant les jardins d'Irim, et puis en perdit la vue à jamais !

L'entrée de la jeune fiancée à Lahore fut célébrée avec un enthousiasme incomparable. Les *Rajas* et *Omras* de son escorte, qui, pendant le voyage, s'étaient toujours tenus assez éloignés d'elle et ne s'étaient jamais approchés, pour camper, qu'à la distance suffisante pour sa sauvegarde, traversaient maintenant la cité, en splendide cavalcade, distribuant les plus riches présents à la foule.

15

Dès machines élevées dans tous les squares faisaient pleuvoir, sur le peuple, bonbons et confitures, pendant que des artisans montés sur des chariots, ornés de clinquants et de brocatelles, exhibaient à travers les rues les objets de toute sorte de commerce et les marchandises les plus variées. Un déploiement merveilleux de luxe et de richesse, étalé sur les places, et brillant jusque sur les dômes et les minarets de Lahore, fit de cette ville un séjour enchanté.

Le jour où Lalla-Rookh se mit en route pour continuer son voyage, elle fut accompagnée jusqu'aux portes de la ville par tout ce que la noblesse avait de plus beau et de plus riche ; et elle chemina à cheval, au milieu de rangs de belles jeunes filles et de beaux garçons agitant sur leurs têtes des plats d'or et d'argent remplis de fleurs composées de ces mêmes métaux, trésors qui furent, comme adieu, jetés à la multitude ! Pendant les jours qui suivirent le départ de Lahore, un ennui considérable sembla peser sur tout le cortège. Lalla-Rookh, qui avait résolu de ne plus admettre le jeune ménestrel en sa présence, ne jugea pas inutile de feindre une indisposition.

Fadladeen regrettait la belle route qu'on avait parcourue jusqu'à présent, et était près de maudire *Jehan-Guire*, d'heureuse mémoire, pour n'avoir pas poussé sa délicieuse allée d'arbres au moins jusqu'aux montagnes de Cachemire. Enfin, les dames, qui n'avaient rien à faire du matin au soir qu'à se faire éventer avec des plumes de paon, semblaient fatiguées de la vie qu'elles menaient ; et, malgré les critiques du grand chambellan, elles auraient volontiers écouté les chants du poète.

Un soir, pendant qu'on cherchait la meilleure place pour le campement de la nuit, la princesse, désireuse de jouir de la fraîcheur de l'air, était montée sur son cheval favori. En passant dans un petit bosquet, elle entendit un luth et, à travers le feuillage, une voix connue, chantant les paroles suivantes :

> *Ne me parlez pas des joies du ciel,*
> *S'il ne doit pas nous donner de bonheur.*

Plus vrai que l'amour qui dans ce monde
Enchaîne nos âmes !
Ne me parlez pas des yeux des Houris !
Loin de moi leur dangereuse beauté
Si ces regards, qui brillent dans les cieux,
Blessent comme ceux de la terre !
Qui a senti combien l'amour est ici-bas faux
Et cruel voudrait-il, même pour un ciel,
Essayer encore le rêve fatal ?
Qui donc, ayant vu dans le désert
L'eau s'approcher de ses lèvres, puis se dérober
A sa soif dévorante, ne préfère la mort
A ces ruisseaux décevants ?

L'accent douloureux avec lequel ces mots étaient prononcés émut le cœur de *Lalla-Rookh* ; et pendant qu'elle cheminait nonchalamment sur son palefroi, elle ne put s'empêcher de sentir une tristesse qui n'était pas sans douceur, en apprenant que *Feramorz* était aussi amoureux et aussi malheureux qu'elle-même.

Le campement de cette nuit fut le premier endroit agréable qu'on eût rencontré depuis Lahore. D'un côté, était un bois rempli de petits temples indiens et planté des plus gracieux arbres de l'Orient. Le tamarin, le cassi et l'arbre à cire de Ceylan s'y détachaient du feuillage, élevé et en éventail, du Palmyra, arbre favori du magnifique oiseau qui éclaire et orne son nid de mouches de feu. Non loin du pavillon s'étendait un petit lac entouré de mangotiers, sur les eaux froides duquel flottaient une multitude de beaux lotus rouges. A quelque distance, on voyait les ruines d'une tour à l'architecture sombre et étrange, assez ancienne en apparence, pour avoir été le temple de quelque religion maintenant inconnue, et qui faisait entendre la voix de la désolation au milieu d'objets tous riants et joyeux.

Ces ruines singulières excitèrent l'étonnement de tous. *Lalla-Rookh* questionna en vain ; et le prétentieux *Fadladeen* qui, avant ce voyage, n'avait jamais franchi l'enceinte de Delhi, dissertait très savamment pour démontrer qu'il ne savait rien de relatif au monument, lorsqu'une des suivantes suggéra que peut-être *Feramorz* pourrait satisfaire leur curiosité.

— On approchait des lieux où il avait reçu le jour ; et cette tour pouvait être les débris de l'une de ces noires superstitions qui avaient dominé sur ces contrées, avant que la lumière de l'Islam ne les éclairât. Le chambellan, qui, ordinairement, préférait sa propre ignorance à la plus belle science, lui venant d'un autre, n'était pas d'avis de questionner le ménestrel. La princesse allait elle-même présenter une faible objection ; mais avant que l'un ou l'autre eussent parlé, un esclave avait été envoyé à *Feramorz* qui parut bientôt. Il était si pâle et semblait si malheureux que *Lalla-Rookh* se repentit de suite de l'avoir tenu, si longtemps et si cruellement, privé de sa présence.

Cette vénérable tour, dit-il, étaient les restes d'un ancien temple du Feu, bâti par ces *Guèbres*, ou Persans de l'ancienne religion qui, il y avait plusieurs siècles, avaient fui jusque-là, leurs conquérants Arabes, préférant leurs autels et leur liberté sur la terre étrangère, à l'apostasie ou à la persécution dans leur propre patrie. Il était impossible, ajouta-t-il, de ne pas s'intéresser aux efforts glorieux bien qu'infructueux tentés par les enfants de l'ancienne Perse, pour se délivrer du joug de leurs fanatiques oppresseurs. Semblables à ces feux des champs de Bakou qui, éteints en un lieu, reparaissent à un autre, ils avaient transporté ailleurs leur feu sacré ; et lui, enfant de cette belle et sainte vallée de Cachemire, devenue à la même époque la proie des étrangers, de cette Cachemire qui avait vu ses anciens tombeaux et ses princes détruits, dispersés devant la marche des envahisseurs, il sentait pour les souffrances de ces Guèbres persécutés, une sympathie que la vue du monument avait le pouvoir de réveiller.

C'était la première fois que *Feramorz* avait osé prononcer autant de prose devant *Fadladeen*, et on concevra aisément l'effet qu'elle produisit sur le plus orthodoxe et le plus haineux des ennemis des Païens. Il resta quelque temps, saisi d'horreur, prononçant à intervalles ces

mots : fanatiques oppresseurs ! sympathie pour les adorateurs du feu !
Cependant Feramorz heureux de prendre avantage de l'horreur muette
du Chambellan, s'avança à dire qu'il connaissait une histoire mélancolique, liée aux aventures et aux combats de ces braves adorateurs du
feu contre leurs maîtres arabes ; et qu'il serait heureux, si le soir n'était
pas trop avancé, de la conter à la princesse. Il fut impossible à *Lalla-
Rookh* d'articuler un refus ; elle ne l'avait jamais vu si animé ; et lorsqu'il parla de la *Sainte Vallée* ses yeux, pensa-t-elle, avaient brillé
comme les caractères magiques du cimeterre de Salomon. Elle ac-
corda, de suite, son consentement ; et pendant que *Fadladeen*, dans
une épouvante sans nom, prenait place, s'attendant à trouver l'abomination et la trahison dans chaque vers, le poète commence comme
il suit l'histoire des adorateurs du feu ! (Fire Worshippers).

LES ADORATEURS DU FEU

LES ADORATEURS DU FEU

CHANT PREMIER

LA lune brille sur la mer d'Oman. Ses bancs de perles, ses îles de palmiers, se baignent dans les rayons enchantés du soir, et ses eaux bleues semblent sourire! La lune brille sur les murs d'*Harmozia*; elle brille à travers les salles de Porphyre de l'Emir où retentissaient naguère les sons de la trompette et le bruit du *Zel*, pour dire adieu au soleil, au paisible soleil qui, dans sa couche dorée, préfère aux accents de la guerre le chant du rossignol et la mélodie d'un luth amoureux!

Tout se tait; rien ne se meut dans les airs; le silence règne sur le rivage comme sur l'Océan. Si un zéphir passe, il est si faible, qu'il n'agite pas une feuille et ne produit pas une ride à la surface des eaux!

La tour des vents du dôme de l'Emir reçoit à peine un

souffle du ciel. Lui-même dort, lui, le tyran arabe, pendant qu'autour gémit tout un peuple ; pendant que des malédictions chargent l'air qu'il respire, et que des lames sans nombre, tirées du fourreau, veillent, pour venger la honte dont son peuple a souillé le nom d'*Iran* !

Chef cruel, inhumain, impassible devant les yeux en larmes comme devant l'épée qui frappe ; il est de cette race saintement meurtrière, propageant le Koran au milieu du carnage, et qui croit se frayer plus sûrement un chemin au ciel s'il y marche dans le sang des infidèles, un homme qui, pieds nus, à genoux dans le sang encore chaud que sa main vient de verser, murmurera quelque texte sacré gravé sur la lame de son sabre (*a*), un homme qui répétera froidement le texte divin, inscrit sur cette arme même dont il a percé le cœur de la victime. Juste Allah ! de quel œil dois-tu regarder un tel misérable, quand de ses mains, souillées de sang, il tourne les feuilles du livre sacré, et torture des enseignements sublimes pour justifier sa foi de mort, de haine et de crimes, comme l'abeille de Trébizonde qui, des belles fleurs dont le pur sourire réjouit les jardins, sait extraire le poison qui ravit la raison à l'homme !

Jamais la fière Arabie n'envoya au monde un satrape plus grandement cruel ; jamais Iran ne se courba sous un joug plus pesant. Son trône est renversé, son orgueil foulé aux pieds. Ses enfants, esclaves volontaires, ne rougissent pas, sur leur propre sol, de ramper aux pieds d'un maître étranger. Ses tours, où *Mithra* allumait autrefois le feu sacré, appartiennent aux *Moslem*, oh ! honte, et sont changés en autels où les esclaves apostats maudissent la foi de leurs pères !

✳

Cependant, au milieu de tant de maux, il est des cœurs sublimes qui font planer au-dessus de ces ruines lamentables, l'espoir de la vengeance ! cœurs magnanimes, semblables à ces pierres précieuses qui, concentrant les rayons du soleil, les répandent dans l'obscurité ; et font briller la nuit de toute la lumière des longs jours perdus ! Et il est aussi des épées intrépides, capables d'exécuter ce que de tels cœurs peuvent concevoir ; et il l'apprendra bientôt, lui qui dort là, tranquille, au clair de lune, comme si son esprit puisait le calme dans les rayons approbateurs de la lumière céleste !

Oui, dors, tyran ! c'est pour des yeux plus purs que les tiens que brillent ces planètes, que ces flots restent silencieux ; oui, dors, et que ton sommeil soit rendu plus profond par la puissance magique de cette belle nuit. A cette heure charmante nul autre que l'amant et l'aimée ne doivent veiller !

*

Aussi, voyez : là-haut, sur ces rochers qui projettent leurs ombres au-dessus de l'abîme, il est une tourelle où des boucles d'ébène, aussi brillantes que la plume d'un héron sur le turban d'un roi, s'agitent au travers de la jalousie.

C'est elle, la fille de l'Emir ; elle est toute vérité, grâce et tendresse, bien que sortie de ce sang inhumain, image de la fontaine de la Jeunesse, surgissant des flancs d'une montagne désolée !

Oh ! quelle chose pure et sacrée est la beauté cachée au monde entier, éclairant de sa lumière un unique foyer, invisible à l'homme dont les regards sèment le trouble ! La fleur des mers qui se dérobe, au fond de l'abîme, aux rayons

du soleil, n'est pas enveloppée d'une plus chaste obscurité !
Ainsi, *Hinda*, ton cœur et ton visage restent cachés comme
de saints mystères.

Aussi, quel transport pour l'amant qui peut lever ce
voile, comme celui qui découvre tout à coup dans sa course
solitaire, un rivage enchanteur que jamais n'a foulé le pied
d'aucun mortel, et qui respire, à pleins poumons, l'air embaumé que jamais n'aspirèrent d'autres lèvres !

*

Belles sont les jeunes filles qu'un soir d'été répand à
travers les plaines du *Yemen*, et vif, est l'éclat des yeux
qui brillent derrière les rideaux roses de leurs litières;
Yemen possède sous son climat béni des fiancées aussi
gracieuses et charmantes que les branches de jasmin blanc
dont elles aiment à s'orner, douces fiancées qui, sous le
bois ou dans leur kiosque, passent le temps à se bercer
devant leur miroir, et voient toute heure ajouter un charme
à leur beauté ! Mais parmi les fiancées et les jeunes filles
dont le sourire charme les Harems de l'heureuse Arabie,
pas une dont l'éclat n'aurait pâli devant la beauté de la
fille de *Al-Hassan*. Suave comme les figures d'ange d'un
rêve d'enfant, et riche de toutes les beautés de la femme;
avec des yeux si purs qu'un seul de ses regards aurait fait
fuir le monstre Vice, comme un serpent qui a regardé
la virginale émeraude; le cœur rempli, cependant, de
tous les aimables désirs de la jeunesse, où la flamme des
sphères célestes se mêle à la folle tendresse de l'humaine
créature : une âme plus qu'à moitié divine, où, à travers
les ombres de sentiments terrestres, brillent *les gloires reli-*
gieuses. Ainsi, à travers un feuillage d'été, vient un rayon,

si bien adouci par les ombres, qu'il fait préférer l'obscurité à l'éclat du soleil !

Telle est la jeune fille qui, à cette heure, s'est arrachée à un sommeil sans repos et s'assied, solitaire, dans ce pavillon élevé, contemplant l'abîme et le tranquille astre des nuits. Oh, dans sa patrie, dans des jours plus heureux, ce n'était pas ainsi, avec des yeux en larmes et un cœur palpitant d'émotion, qu'elle contemplait les magnificences du ciel et de la terre ! Pourquoi donc, son regard inquiet s'attache-t-il, maintenant, à ces rochers dont le rude escarpement assombrit le miroir liquide ? Qu'attend-elle à cette heure silencieuse de la nuit ? Trop inabordables sont ces lieux ; trop difficile est le pas, pour qu'un homme puisse escalader cette haute tour !

Ainsi, du moins, le pensait son père, lorsqu'à prix d'or et de science il fit construire cet admirable pavillon d'été, ainsi élevé pour attirer la fraîcheur de la nuit, après les heures dévorantes du jour; il le croyait aussi inabordable qu'il était beau.

*

Crois, oh ! vénérable rêveur, crois, et ne t'éveille pas pour apprendre de quoi l'amour est capable; l'amour, l'amour portant défi à tous les dangers, l'amour qui méprise les trophées aisément conquis, l'amour qui cueille plus volontiers les fruits au bord des plus dangereux précipices.

Plus hardi que le pêcheur de perles à qui il faut une mer tranquille, l'amour s'exalte au milieu des tempêtes, et met au plus haut prix la perle qu'il a cueillie sous les flots les plus orageux!

Oui, fille sans rivales de l'Arabie, quelque haute que soit la tour, et difficile le chemin, il en est un qui, pour baiser ta joue escaladerait la solitude du formidable pic de l'Ararat; et qui trouve cette sombre route, une route du ciel puisqu'elle le conduit vers toi.

Tu vois, déjà, sous son impatient aviron, l'eau rejaillir et marquer le sillage. Elle aime, et ne sait qui elle aime; Tu entends, contre le rocher le choc de son léger esquif; et tu étends tes bras de neige comme pour l'attirer vers toi, semblable à celle dont l'époux escaladant la terrasse où elle l'attend et qui déroule, et lui jette sa longue et noire chevelure pour le soutenir quand il va perdre pied.

Non moins vaillant, que le héros *Zal*, est celui qui, sur les ailes de la jeunesse, hardi, s'élève jusqu'au pavillon d'*Hinda*. Il bondit sur les pentes de granit, plus léger que les chèvres de l'Arabie, et il atteint la tourelle de la jeune fille (*b*).

Elle aime, et ne sait qui elle aime; elle ignore sa race et son pays! Ainsi dans une forêt de l'Inde, le voyageur rencontre un magnifique oiseau, porté par une délicieuse brise, de quelque île inconnue. Il montre un jour, son éclatant plumage à des yeux ravis; puis il disparaît.

*

S'enfuira-t-il ainsi, lui, l'amant innommé?

— C'était par une nuit belle comme cette nuit même, pendant que, solitaire, elle faisait résonner son *Kanoon* (*c*), qu'elle vit pour la première fois briller ses yeux à travers la persienne du pavillon où, maintenant, ils mêlent ensemble leurs soupirs!

Elle pensa qu'un esprit de l'air (quel mortel aurait pu
s'élever jusque-là) s'était arrêté dans sa course nocturne
pour écouter sa mélodie. Jamais cette pensée ne l'avait
abandonnée, même, lorsque toute frayeur eut cessé, et
quand elle eut vu cet être, jeune et beau, enveloppé de la
forme humaine, courbé devant elle et lui rendant hommage. Souvent, depuis, elle l'avait entendu prononcer des
paroles étranges, menaçantes. Dans ces moments, ne pouvant supporter l'éclair qui brillait sous son front assombri,
elle craignait d'avoir donné son âme à un esprit errant
chassé des cieux, un de ces anciens anges qui, brûlant pour
les filles des hommes d'un amour coupable, avaient perdu
le ciel pour des yeux de femme !

*

Non, folle enfant, ni ange, ni démon est celui qui implore ta candide innocence. Fils passionné de notre terre,
c'est un de ces hommes aussi impétueux en amour qu'ardent et fier dans la colère, un grand cœur, grand parmi tous
ceux qui sentent courir dans leurs veines la flamme vivante
du dieu du jour.

Mais cette ardeur semble éteinte à présent ; sa joue est
pâle ; son front est sombre. Jamais, avant, si ce n'est dans
ses rêves, il ne lui avait paru ainsi ; et c'étaient les rêves d'un
sommeil troublé, dont il était doux de se réveiller pour
pleurer ; visions qu'on n'oublie pas, semblables à des fantômes, qui flétrissent tout sur leur passage !

— « Avec quel charme, dit la jeune fille d'une voix
douce, et comme effrayée d'elle-même, tant le silence avait
duré ; avec quel charme le clair de lune sourit ce soir sur
cette île lointaine ! Que de fois dans mes rêveries j'ai désiré

que cette île eût des ailes, pour nous emporter, cachés dans ses épais feuillages, bien loin, bien loin dans des mers inconnues, où l'on n'entendrait d'autre bruit que le battement de nos cœurs, où nous pourrions vivre, aimer, mourir ensemble, loin des hommes insensibles et cruels, où les yeux des anges veilleraient autour de nous. Un tel Paradis, si pur, si tranquille, pourrait-il te suffire ? »

Grâcieuse, elle se tourna vers lui afin qu'il pût voir son doux sourire ; mais quand elle aperçut la tristesse de son regard, son sourire s'évanouit, et, de son cœur brisé, les sanglots se faisant jour, elle s'écria :

Oh ! oui ; mes rêves avaient raison ; nous nous séparons. Pour toujours, cette nuit. Je le savais ; c'était écrit. C'était beau, c'était divin ; mais cela n'est plus ! Ainsi, depuis mon enfance, j'ai vu périr mes plus doux espoirs. La fleur que j'aimais était la première à se flétrir. Quand j'élevais une gazelle, pour me réjouir de ses yeux longs et doux, quand elle me connaissait et m'aimait, elle était sûre de mourir ! Il en est ainsi, à présent, de la joie la plus divine que j'aie rêvée et connue ; te voir, t'entendre, t'appeler mien ; oh ! malheur, faut-il te perdre ainsi ? Oui, va ; un précipice est toujours sous nos pieds ; ces rochers sont effrayants, la mer est perfide ! Ne reviens plus, quoique la mort te paraisse un bien ! Adieu ! et bénie soit la route que tu vas prendre ! Etranger bien aimé, mieux vaut vivre rêveuse et solitaire te sachant, bien que loin, à l'abri du mal, que de te voir près de moi exposé à tant de dangers !

— Des dangers ? montre-moi ceux qu'il faut braver, s'écria le jeune homme. Tu sais de quoi est capable celui qui nourri et grandi dans les périls de toute sorte, a soif de se mesurer avec les plus terribles ennemis ; celui qui peut entendre à toute heure le signal de la mort et du carnage, qui dort la tête appuyée sur un sabre que sa main nerveuse saisit avec force à l'instant du réveil. Des dangers !

— Tu ne les crains donc pas, et nous pouvons nous revoir, souvent encore !

— Oh ! ne me regarde pas ainsi ! Détourne ces yeux, la seule chose que je craigne sous le ciel ! Eux seuls pourraient sur cette terre changer ma destinée. Eux seuls auraient le pouvoir de fondre le sceau sacré qui lie mon âme ! Mais non ; le sort en est jeté ! De ce côté de la tombe nous ne nous verrons plus. Pourquoi le ciel a-t-il uni deux âmes que la terre devait déchirer en les séparant ?

Oh ! fille de l'Arabie ! les puissances de la nuit et du jour n'ont pas d'union plus intime que celle qui m'unirait à toi ! Ton père.

— Que le puissant Allah sauve sa tête grise de l'éclair de ton regard ! Tu ne le connais pas ; il aime les braves. Il n'est pas un autre homme sous le ciel mieux fait pour apprécier et aimer ton cœur intrépide. Souvent, dans mon enfance, pendant que je jouais avec le cimeterre pendu à son côté, je l'ai entendu jurer qu'avec le temps sa petite-fille deviendrait l'épouse d'un guerrier ; et encore, à l'heure où je lui porte au harem ses fleurs et ses sorbets, il se plaît à me répéter qu'un héros sera mon époux, et que les jeunes filles sont plus belles au milieu des combats, quand elles s'exaltent aux chants de la victoire ! Oh ! non, ne t'éloigne pas de moi ! Toi seul es capable de conquérir son cœur et le mien !

— Va ; va te ranger sous la bannière sacrée ; tu connais la guerre impie que nous font les Persans ! Dieu du ciel ! Quel regard ! Tes yeux, sous tes sourcils menaçants, brillent d'un éclat plus que mortel ! Rends-toi au camp ce matin,

17

et, quand tu te précipiteras dans la mêlée, rappelle-toi de notre amour ! Une victoire sur ces esclaves du feu, sur ces Guèbres impies que mon père abhorre...

*

— Arrête, arrête, tes paroles donnent la mort ! s'écria l'étranger, rejetant son manteau d'un geste énergique, et découvrant la ceinture du Guèbre qui ceignait ses reins. « Ici, jeune fille, ici regarde, pleure et rougis de voir en moi tout ce que ton père abhorre. Oui, je suis de cette race impie ; je suis de ces esclaves du feu qui, soir et matin, saluent, au milieu des lumières vivantes du ciel, le palais de flammes de leur créateur ! Oui ; je suis du nombre de ces rebelles qui, fidèles à *Iran* et à la vengeance, maudissant l'heure où les Arabes ont renversé leurs autels, ont juré en présence du Dieu du jour de mourir ou de rendre la liberté à leur patrie. Ton fanatique père. Non ! ne crains pas ; celui qui t'a fait naître m'est sacré comme le lieu où s'élève la sainte flamme de notre adoration ! Mais, apprends-le, c'était lui que je cherchais cette nuit où, de mon canot de garde, j'aperçus la lumière qui brillait dans la tour. A travers les rochers sauvages, je gravis, et allais m'élancer sur ma proie ! Tu sais le reste ; j'atteignis le nid du vautour et j'y trouvai la tremblante colombe ; tienne fut la victoire ; et c'est ta faute si l'amour s'est emparé des pensées que réclamait la vengeance. Oh ! puissions-nous ne nous être jamais rencontrés ; ou puisse ce cœur oublier combien nous avons été heureux ! Si un destin si cruel ne pesait pas sur nous, tu serais née, jeune fille persane, nous aurions grandi dans des vallées voisines, joué dans notre enfance, au milieu des mêmes champs ; le même autel nous eût vus, à genoux, adorer le même Dieu. Alors, alors, les mille liens sans nom qui font tout l'amour de la patrie aurait, de nos deux cœurs, rapprochés à toute heure, formé un unique tissu; et ta cause eût été la cause même d'*Iran*. Alors, chaque soupir de ton luth eût rappelé la voix des anciens jours; chacun de tes sourires eût réveillé des souvenirs et des espérances de gloire; alors en toi, aurait parlé, brillé, vécu l'esprit sacré de notre terre. Oh! Dieu, quel est l'obstacle que n'aurait pu, alors, renverser mon épée; chacun de ces éclairs eût été une victoire! Et, maintenant, étrangers pour toujours, lancés, l'un et l'autre, aussi loin que peut atteindre la main d'un destin sans pitié, unis par l'amour, tous les liens formés par l'amour nous séparent; fidèles au seul amour pour trahir tout ce qui nous est cher! La Foi! l'Amitié! la Patrie! Ton père est le plus cruel ennemi d'*Iran*. Ici même peut-être... Mais non! jamais la haine n'eut ce charmant regard! Non! la terre de celui qui aurait tout oublié pour toi, tout, hormis sa patrie déchirée, te sera sacrée; et quand les autres verront, impassibles, ses héros tombés et ses veuves en deuil, tu te souviendras du Guèbre qui t'a aimée, et, en pleurant pour lui, tu pleureras pour tous! Mais vois... »

✷

Soudain, d'un geste, il montra à l'horizon des lumières qui s'agitaient comme des feux follets sur la tombe d'un marin. Des dards enflammés lancés par intervalles illuminaient la haute mer, comme si toutes les étoiles, tombées cette nuit du ciel, étaient de nouveau relancées dans la voûte azurée. — « C'est le signal qui m'appelle! Je dois partir! Perdus tous deux si je reste. Adieu! ma douce vie!

Tu cherches en vain à me retenir. Et maintenant je t'appartiens, encore. Oh, vengeance !

Il dit ; et fièrement, sans regarder en arrière, il s'élance et se laisse glisser rapidement de la tourelle sur les roches hérissées, comme un homme qui fuit de l'amour à la mort. Cependant Hinda reste clouée à sa place, pâle, muette, jusqu'au moment où le bruit d'un corps tombant dans les flots la fait bondir à la fenêtre. « Je viens, je viens, s'écrie-t-elle. Si tu dois dormir ce soir au fond de la mer, que j'y dorme avec toi ; oh ! je ne veux pas d'autre couche que la vague où nous serons ensevelis l'un à côté de l'autre. Plus doux, bien plus doux sera de dormir ensemble dans la mort que de vivre séparés ! »

Mais non ; l'heure n'est pas encore venue. Elle a déjà vu la barque légère s'élançant vers les lieux inconnus, séjour de celui qu'elle aime. L'esquif glisse dans le vent, aux rayons de la lune, rapide et tranquille, comme s'il portait la paix ; et comme s'il ne laissait pas un cœur brisé derrière lui !

LA princesse, dont le cœur était déjà bien assez triste, aurait désiré que *Feramorz* eût choisi une histoire moins mélancolique; car, aux heureux seulement, est permis le luxe des larmes. Ses femmes, cependant, n'étaient pas fâchées que l'amour fut encore le sujet du thème du poète; car, disaient-elles, quand il parlait d'amour, sa voix devenait douce comme s'il avait mâché les feuilles de l'arbre enchanté qui croît sur la tombe du musicien *Tan-Sein*.

Pendant toute la matinée, la route avait suivi une contrée très sèche, à travers des vallées couvertes, çà et là, de massifs épais de petits arbres (Jungle) et où, en plus d'un endroit, le bâton de bambou, surmonté d'un pavillon blanc, indiquait le point où le tigre avait fait une victime humaine. Ce fut donc avec plaisir qu'on arriva, au coucher du soleil, dans un vallon sûr et agréable où l'on campa sous un de ces arbres saints dont le feuillage en dôme semble former des temples naturels pour la religion. A son ombre, des mains pieuses avaient élevé de petites colonnes ornées de belles porcelaines qui servirent de miroirs aux jeunes filles pour arranger leur chevelure, en descendant de leurs palanquins. Là, après que la princesse eut écouté, anxieuse, comme d'habitude, les sublimes observations critiques de Fadladeen, le poète, s'appuyant contre une des branches de l'arbre, continua ainsi son histoire :

CHANT II

LE matin s'est levé, calme et serein, et il éclaire
doucement la *mer Verte* (*a*), les bois de palmiers
de *Battrein* et les vignes d'ambre de *Kishma* (*b*).
Les rivages de l'Arabie sont embaumés par les brises qui
soufflent de la mer Indienne sur le cap sacré de *Sélama*,
poussant des flots radieux sur bien des grappes de coco
et des guirlandes de fleurs que de pieux marins, voguant
dans ces saints lieux, ont jeté en offrande aux génies,
pour en obtenir des cieux cléments et des vents propices.
Le rossignol est descendu des branches élevées où il a fait
résonner la nuit de ses chants mélodieux, et il se cache,
maintenant parmi les touffes du grenadier étincelant, à
l'aurore, d'une rosée si pure que ses gouttes ne terniraient pas le plus brillant cimeterre, qu'ait jamais porté
un jeune sultan, au premier jour de son règne !

Et voyez le soleil lui-même, sur des ailes de gloire,
s'élancer à l'Orient ! Ange de lumière, qui, lorsque les
cieux commencèrent leurs révolutions sublimes, s'élança le

premier, de la grande assemblée des étoiles, pour signaler les traces de feu du Créateur! Où sont les jours, oh globe admirable, où Iran se tournait, comme l'héliotrope, pour rencontrer sans cesse tes éblouissants regards? où, des bords de *Bendemeer* aux bois de noyers de *Samarcand* tes temples de feu couvraient toute la terre? Où sont-ils? Demandez aux ombres de ceux qui, tombés dans les plaines sanglantes de *Cadessia* (*c*), ont vu de féroces envahisseurs disperser les diamants du diadème brisé d'*Iran* et détruire leurs anciennes croyances. Demandez au pauvre exilé, jeté seul sur la terre étrangère, inconnu, sans ami, plus loin que les portes de fer de la mer Caspienne, ou sur les montagnes neigeuses de *Mossian*, loin de sa belle patrie, patrie des dates, des bois de jasmin et des brillantes fontaines! Plus heureux, encore, que s'il foulait ce sol aimé, asservi aujourd'hui, aux caprices d'un despote étranger! Oh! il vaut mieux errer, sans abri, fidèle à son Dieu et à la liberté, que de ramper dans son pays, lâche esclave soumis à la foi d'un conquérant!

L'orgueil d'*Iran* est-il abaissé pour toujours? S'est-il à jamais éteint avec la flamme des grottes de *Mithra*? Non; *Iran* a encore des fils qui ne seront jamais les esclaves de Moslem, tant que le ciel aura des étoiles et la terre des tombeaux, esprits de feu qui se nourrissent d'un ressentiment sombre et cruel, cœurs où lentement, mais sûrement, germe et mûrit la vengeance, jusqu'au jour où elle éclatera, dans une heure inattendue, comme le fruit du palmier géant de *zeila* qui s'ouvre avec un bruit si formidable que toutes les forêts d'alentour en sont ébranlées!

*

Oui, Emir ! celui qui escalada la tour, et qui pouvait te
frapper au cœur et t'apprendre que, même la tête d'un tyran
peut être en sûreté sous la foi d'un Guèbre, est un de ceux
qui, braves comme lui, ont juré haine mortelle à toi et à
ton orgueilleuse race ! un de ceux qui, sachant qu'ils luttent
en vain et qu'ils ne brisent leur chaîne que pour la voir plus
profondément rivée au cœur, osent pourtant combattre,
bénissant l'heure sanglante où, libres encore, ils mêleront
leur agonie à l'agonie de la liberté !

Tu les connais déjà, toi, satrape d'un maître fanatique,
depuis plusieurs lunes, tes troupes coiffées du turban (tur-
baned) et tes bannières rouges de sang (blood-red flags), se
sont multipliées parmi les écueils de la *mer Verte*. Ici même,
à l'entrée de cette terre que toi, Arabe, oses nommer tienne,
une troupe sacrée a jeté ses lances au travers de ton chemin, et, avant que ta bannière fût à moitié déployée, la
rébellion a osé te braver !

*

Rébellion, mot stupide, trait empoisonné qui a souvent
tué la plus sainte des causes que parole ou épée aient
jamais défendue. Que de fois un grand cœur, né pour de
grandes choses, est tombé flétri par ce seul nom ! Ainsi
les émanations d'une terre chaude, s'élevant au-dessus de
la plaine, saisies par un vent froid, retombent sur le sol, en
nuages sombres, qui, si elles avaient franchi les hauteurs
des premiers monts, se seraient élancées, triomphantes, vers
la lumière éclatante et dorée ; ainsi dans l'ombre a péri,
sans honneur, plus d'un héros, qu'une heure seule de succès aurait assuré d'une gloire immortelle !

Et quel est donc celui qui combat pour la liberté sur les

18

bords de la *mer Verte* et dont la vaillante épée éblouit de ses
rayons les yeux des guerriers de *Yemen*? Quel est celui qui
s'avance, environné des lances des hardis montagnards, de
Kerman? Ces montagnards restés, les derniers, fidèles à leur
patrie et à leur culte, comme si leur Dieu, en fermant la
paupière, avait laissé tomber son dernier regard sur les
crêtes neigeuses d'Iran pour y recueillir les plus précieux
hommages! C'est *Hafed*, nom redoutable, dont le bruit
répand la terreur mystérieuse de la magie, nom qui para-
lyse les bras les plus intrépides; *Hafed*, nom détesté et maudit de toute la haine et de toute la colère dont *Moslem*
poursuit les rebelles *enfants du feu*! *Hafed*, dont le pouvoir
infernal remplit les heures des gardes nocturnes de contes si
effrayants que la sentinelle arabe se couvre le visage de son
capuchon, croyant le voir se lever dans l'ombre!

Un homme, dit-on, de race de monstres, mélange formé
de terre et de feu, sorti de ces vieux rois enchantés qui
portaient sur leur heaume une plume de l'aile magique du
griffon *Simoorgh*, et qui était armé, par les démons du feu,
irrités de voir leurs autels renversés, de charmes irrésis-
tibles qui devaient éteindre dans le sang, la lumière
du Koran!

*

Tels étaient les récits qui avaient cours; telles étaient
les couleurs que la fantaisie prêtait à un chef jeune, ardent,
intrépide, simple mais courageux mortel, combattant pour
le pays que son âme adorait, pour son foyer et ses autels,
sans autre talisman que son épée, sans autre enchantement
que la liberté! Il était issu d'une ancienne lignée de héros
dont les faits glorieux avaient illustré le nom, comme le

petit ruisseau qui, sorti du Liban, est rendu sacré par les
longues allées de cèdres saints qui ornent ses rivages! Ce
n'était pas à lui qu'il convenait de plier le genou devant la
tyrannie de Moslem ; ce n'était pas à lui, dont l'âme avait
été jetée dans le moule des âges héroïques, à lui, qui, formé
pour la plus glorieuse époque d'*Iran*, était né cependant
pour être le témoin de ses pleurs et de ses angoisses; ce
n'était pas à lui de grossir le nombre des vils esclaves qui
s'accroupissaient en tremblant devant *Moslem* comme l'ar-
brisseau sous *l'haleine d'un vent empoisonné* (beneath the poi-
sonblast).

Bien loin, aussi, bien loin, fuit-il le spectacle de la honte
de sa patrie; aussi, salua-t-il la première épée tirée devant
lui pour la liberté et la vengeance, comme un amant salue
l'aurore d'un premier sourire! Mais vaine fut la valeur. En
vain la fleur de Kerman se leva à cette heure de mort pour
combattre les forces supérieures d'*Al-Hassan*; en vain ils lut-
tèrent corps à corps sur le seuil de ce royaume envahi par les
masses fanatisées qui couvraient les routes de leurs cadavres.
Mille lances entouraient le conquérant pour chaque nouvelle
lance qu'ils lui opposaient; à chaque bras levé pour défendre
leurs rivages s'attaquaient de nouvelles myriades d'esclaves,
hordes sanguinaires, hardies, innombrables, devant les-
quelles ils finirent par succomber comme les dates sous les
nuées de sauterelles!

✳

Il est, à une petite lieue de l'ancienne baie resserrée et
étouffée d'*Harmozia*, une montagne rocheuse à l'aspect
redoutable, faisant saillie sur la mer d'Oman, dernier et
solitaire anneau de ces étonnantes chaînes qui, parties des

larges bords de la mer Caspienne, se déroulent jusque sur
les rivages de la mer Verte. Autour de sa base, les rochers
dépouillés semblent des géants nus plongés dans les flots
pour défendre l'accès du golfe, pendant qu'à son sommet
qui menace le ciel un temple ruiné s'élève si haut que souvent l'*Albatros endormi* vient heurter de son aile ces vieilles
pierres, et s'étonne, en se réveillant au milieu de ce nuage
rocheux, de trouver la demeure de l'homme, dans son
domaine silencieux des airs. Au-dessous, de terribles cavernes
donnent entrée aux vagues orageuses, qui, en heurtant les
voûtes, y font un bruit semblable à celui d'une orgie nocturne,
un tapage assourdissant, lugubre, mystérieux, qui porte au
loin la terreur ; et telles sont les sinistres histoires qu'on
raconte des démons déchaînés, qui s'y livrent à leurs jeux
infernaux, que le plus hardi des enfants de Moslem n'oserait
à la fin du jour diriger son esquif du côté de la *Roche des
Guèbres.*

Du côté de la terre, ces grandes tours qui semblent, sur
leurs cimes, défier les coups du temps, étaient séparées des
humains par une large, profonde et mystérieuse gorge, si
pleine d'ombres sinistres que l'œil n'osait se mesurer avec
ce vide effrayant, lieu qui semblait destiné aux démons,
aux goules et aux sorciers, pour s'y livrer, cachés à la lumière
du ciel, aux banquets horribles du sabbat. De ces profondeurs, comme un tonnerre éloigné, montait le mugisse-
ment de torrents innombrables qui échappaient à la vue ;
et l'on ne pouvait savoir si c'était le bruit de l'Océan
essayant de rompre ses digues ou celui d'une mer de flammes
dévorantes. C'est que tous les ravins, toutes les roches,
toutes les spirales de cette immense montagne étaient en
feu ; et, bien qu'ils fussent loin, les jours où Dieu était
adoré dans toutes les flammes qui brillaient sur ses sublimes

autels; bien que prêtres et adorateurs aient été dispersés, cependant, le feu puissant brillait toujours à travers les révolutions du bien et du mal, comme l'éternelle volonté de Dieu même, profond, immuable, brillant, inextinguible!

*

En ces lieux, le vaincu *Hafed* conduisit les débris de sa petite armée:

— Bénie sois-tu, sombre gorge, dit-il; tes ombres, qu'Eblis lui-même redouterait, sont un Paradis à celui qui fuit les chaînes de l'Esclave!

Sous une sorte de pont sombre et voûté, passage étroit, connu de lui seul et des autres chefs, ils franchirent l'abîme et atteignirent la tour.

— Voici notre dernier foyer, s'écria-t-il; ici notre sang peut couler sans être avili par les chants de triomphe de Moslem; ici nous pouvons tomber sans laisser nos membres palpiter sous les pieds du conquérant. Sur ce rocher, où le bec du vautour vient frôler notre joue encore chaude, nous pouvons mourir, heureux que les yeux d'un tyran ne se réjouissent pas de la vue de nos souffrances. »

Il était nuit quand ils atteignirent les tours, et le feu, près de s'éteindre, mais qui brûlant encore sur l'autel en ruine, projetait par intervalles de sinistres lueurs sur son visage, pendant qu'il parlait:

— « Tout est fini; ce que l'homme pouvait tenter, nous l'avons tenté; si Iran, dompté, veut voir ses prêtres et ses guerriers, plier, tremblant, sous le regard d'un maître fanatique, si ses fiers enfants, ses nobles rejetons, dans les veines desquels coule le sang des *Zal* et des *Rustam*, se plaisent à humilier les vieilles gloires de *Mithra*; s'ils

veulent s'agenouiller et ramper devant les ennemis d'*Iran*,
laissons-les, alors; laissons-les, jusqu'à ce que la terre pousse
elle-même au ciel des cris de désespoir, jusqu'à ce que l'esclavage soit devenu trop vil même pour le plus vil, jusqu'à
ce qu'à la fin une trop longue honte ait dévoré leurs cœurs
et réveillé la conscience, en changeant en gouttes de fiel les
pleurs que versent les lâches! Mais, du moins, il est ici des
bras libres, des âmes que l'esclavage n'a pas déshonorées ;
ces lieux, du moins, n'ont jamais été profanés par le pied
d'un esclave ou d'un satrape. Et, bien que peu nombreux,
bien que le flot de la vie s'échappe rapidement de nos
veines, il en reste encore assez pour la vengeance! Comme
la panthère s'élance, la nuit venue, des pieds du Liban, sur
le voyageur, ainsi bondirons-nous sur notre proie; et quand
bien des cœurs orgueilleux auront reçu le dernier adieu de
nos épées, lorsque, tout espoir déçu, le désespoir lui-même
sera devenu impuissant, ce lieu sera le tombeau sacré des
quelques braves qui, ne pouvant plus combattre, seront
morts pour le pays qu'ils n'ont pu sauver! »

*

Tous ses chefs l'entouraient; tous étendirent la lame de
l'épée au-dessus de l'autel en ruine.

Qu'il y avait loin de cette scène sauvage et désolée à ces
réunions que présidait le grand chef (the Mighty). On ne
devait plus voir, sur ces tours, la fête des fruits et des fleurs
où les Mages abandonnaient les doux produits de la terre
aux esprits de l'air, ni les prêtres et leurs splendides rites,
ni les feuilles enchantées du grenadier (*d*), ni les chants, ni
l'encens embaumant l'atmosphère, ni aucun des symboles
de l'astre adoré. Et, cependant, le même Dieu qu'invo-

quaient leurs ancêtres les entendit, lorsque sur les feux de
l'autel ils jurèrent de verser tout leur sang, et de combattre
leur dernier combat pour le saint nom d'Iran, et de mourir
sur cette montagne de flamme, leur dernier boulevard et
leur dernier autel.

Cœurs braves et durs à la douleur! Qu'ils savaient peu
combien de larmes leurs combats feraient couler des yeux
d'une douce ennemie que l'amour avait blessée avec d'autres
armes, tendre cœur dont la vie, libre et pure, avait été
brillante comme un lac tranquille, jusqu'au jour où l'amour,
y jetant son talisman, avait troublé ses flots de cercles de
plus en plus grands.

*

Autrefois, Emir, ta fille insouciante, souriante et fraîche,
au sein de la dévastation restait calme comme un lis qui
brille et lève la tête sur le champ de bataille, avant que le
combat ait souillé ses belles étamines dorées! Fille au cœur
intrépide, sans crainte, tant que le ciel avait épargné le seigneur qu'elle aimait! Autrefois, tes récits de bataille et de
sang la voyaient, le soir, s'éloigner rêveuse et inattentive, et
souvent, lorsqu'agité par la fureur, tu parcourais ton harem,
ses douces mélodies te rendaient le calme, comme le luth
d'un ange résonnant aux confins de l'enfer, si près que les
damnés peuvent aussi l'entendre! Mais l'amour l'a remplie
de sentiments nouveaux. Son âme est de feu; son front dit
sa tristesse; elle pense uniquement à celui qu'elle aime!
Que de fois, dans son cœur, elle entend ces dernières paroles:
« En pleurant pour moi, pleure pour tous. » Et amèrement,
et tous les jours, aussi souvent que se renouvelle le carnage et la destruction des rebelles, elle pleure un amant

disparu, dans chaque Guèbre resté sur le champ de bataille. Son œil ne rencontre pas une épée qui ne soit tachée de *son* sang ; pas une flèche ne fend l'air qui ne soit dirigée vers *son* cœur. Ce n'est plus d'un pied léger qu'elle vient ceindre à *Al-Hassan* son cimeterre de combat ; et s'il eût pu la regarder d'un air clairvoyant ; si sa vue n'eût été constamment obscurcie par des vapeurs de sang, ses discours entrecoupés, ses regards étranges, sa voix, sa démarche, sa vie et sa beauté changées, lui auraient révélé que l'amour seul avait pu opérer semblable révolution ! Ah ! ce n'était pas l'amour tel qu'il convenait à ce cœur jeune et innocent ; ce n'était pas l'amour pur, avoué, prospère qui, cultivé sur la terre et consacré dans les cieux, grandit sous les regards approbateurs de tous, et forme, des sourires de l'amitié, des tendresses du foyer et de tous les liens, de toutes les affections réunies ensemble, le nœud unique du bonheur ! Non, *Hinda,* ta flamme fatale se nourrit dans le silence, dans la douleur ! dans la honte ! Une passion sans espoir s'est ensevelie dans les profondeurs de ton âme, s'y cachant comme un trésor mal acquis, comme une idole sans nom et sans autel, sur lequel un adorateur livide jette à la dérobée ses regards, pendant que tous dorment !

*

— Sept fois la nuit a étendu ses ombres sur la mer d'Oman, depuis celle où elle vit s'évanouir rapidement au clair de lune la barque de son Guèbre : et elle vient encore, à l'heure de minuit, pleurer, seule, sur cette tour élevée ; et elle attend ; et elle regarde la haute mer, cherchant encore celui dont le sourire a fait couler ses premières larmes. Mais elle veille et pleure en vain ; la barque ne reviendra plus.

Le cri solitaire du hibou, le faucon de nuit planant dans l'ombre à ses côtés, et le vautour odieux, frappant lourdement ses ailes flasques, appesanties par l'horrible festin du jour, c'est tout ce qu'elle voit, c'est tout ce qu'elle entend!

Le huitième matin se lève. Le front de Al-Hassan brille d'une joie inaccoutumée. Quel étonnant malheur le réjouit ainsi, lui qui ne sourit qu'à la destruction?

Les éclairs que jette la mer d'Herkend, quand la tempête la secoue pendant la nuit, ne parlent pas plus sûrement de ruines et de naufrages que son visage souriant!

— « Debout! ma fille, debout! Déjà le Kerna a sonné des fanfares qui auraient réveillé les morts; et tu dors encore! Debout, enfant, et vois le jour, le jour heureux, béni, pour le ciel et pour moi, le jour plus riche en sang païen qu'il n'en a jamais coulé dans les flots de l'Oman. Avant que brille une autre aurore, sa tête, son cœur, ses membres, tout sera à moi. Cette nuit même, avant que je dorme, je tremperai mes mains tout entières dans *son* sang, *son* sang! »

Elle poussa un cri, son cœur ne distinguant qu'*un seul* dans toute l'humanité.

— Oui, en dépit de ses torrents et de ses tours, *Hafed*, mon enfant, cette nuit sera nôtre, grâce à la trahison, sans l'aide de laquelle les chaînes qui rassemblent ces esclaves impies eussent été trop fortes pour Allah lui-même! Ce démon rebelle dont l'épée a couvert ma route des cadavres de *Moslem*, dont les enchantements trompeurs ont presque fait reculer les sabres du ciel, ce démon, cette nuit même, avec toute sa bande, apprendra combien profondément frappe le fer d'un Arabe, quand Dieu et la vengeance dirigent le coup! Oh! Prophète! je le jure par le tissu sacré que tu portais aux champs de mort d'Ohod; je le

jure par tous les sanglots qui diront l'angoisse et le désespoir de ces cœurs païens, un diamant tiré des mines de la
Perse ornera ton sublime tombeau!

— Mais quoi! elle s'évanouit! ce regard éteint! ces
lèvres pâles. — Mon enfant! mon enfant! — Cette vie de
sang et de meurtres ne te convient pas; il faut que tu
reviennes en Arabie! Aurais-je dû jamais exposer ton sexe
timide à la vue de scènes effrayantes, pour l'homme lui-
même! — Si je l'ai fait, c'est que j'espérais marcher tranquille, sur le cou des Persans prosternés; mais au lieu de
cela, cette race maudite ne nous fait voir que des épées.
Mais calme-toi, ma fille; ce même vent qui souffle sur ton
front brûlant t'emportera aujourd'hui même vers nos rivages; et avant qu'une seule goutte de sang se soit figée sur
ces tours lointaines, tu auras revu les délicieux bosquets de
ton beau pays! »

*

Sa sanguinaire vanterie n'était que trop vraie. Un
misérable se cachait parmi les quelques vaillants que le
regard d'aigle d'*Hafed* voyait autour de lui sur la montagne
de feu, un mécréant qui, pour de l'or, livra le passage à
travers les ombres de la vallée, vers ces sommets élevés où
la Liberté soutenait son dernier siège. Resté sur le champ
de bataille, la nuit précédente, lorsque sortant de leurs hauteurs sacrées, les Guèbres combattaient le dernier combat
de l'espérance, il disparut, mais ne mourut pas avec les
braves. Ce soleil qui aurait dû éclairer son tombeau le vit,
traître et lâche; et pendant que ses frères d'armes, rentrés
dans leur forteresse de roches, pleuraient sur lui comme sur
les autres héroïques victimes, lui, préférant la honte à la

gloire, vivait; il vivait; et à la face de ce soleil, jetait sa bave impure sur sa foi et sur son ciel!

— Oh! quelle langue maudira l'esclave dont la trahison, comme un trait mortel, anéantit les desseins des cœurs généreux! Puisse la coupe de la vie être, pour lui, pleine jusqu'au bord d'illusions, de mensonges, d'espoirs qui périssent trompés, de joies qui brillent pour le fuir, qui s'évanouissent quand il croit les goûter, comme ces fruits de la mer Morte, si beaux pour les yeux, et cendres pour les lèvres! Puisse-t-il, malédiction de sa patrie, honte de ses enfants, vivre sans paix, sans gloire, sans vertu! Puisse-t-il enfin, avec des lèvres desséchées, mourir de soif, dans le désert en flammes, pendant que, près de lui, les eaux des lacs qu'il ne peut atteindre, brillent, ironie cruelle, comme les espoirs glorieux qu'il a fait périr! Enfin, quand son âme fuira la terre, juste Prophète! place ce damné en pleine vue du Paradis; qu'il voie le ciel et sente l'enfer!

ALLA-ROOKH avait eu un rêve, la nuit précédente, qui, en dépit du destin qui menaçait le pauvre *Hafed*, rendit son cœur plus gai que d'ordinaire, pendant la matinée, et répandit sur ses joues la fraîche animation d'une fleur que le *Bid-musk* vient de caresser. Dans son imagination, elle voguait vers l'Océan oriental, là où les *Sea-gypsies* qui vivent éternellement sur l'eau jouissent d'un printemps perpétuel, errant d'île en île, lorsqu'elle vit une petite barque dorée s'approcher d'elle. Elle était semblable à un de ces bateaux que, chaque année, les insulaires des *Maldives* laissent aller en dérive, à la merci des vents et des flots, chargés de parfums, de fleurs et de bois odoriférants, comme une offrande à l'esprit qu'ils appellent le *Roi de la Mer*. D'abord, la barque lui semblait vide, mais en approchant......

Elle avait ainsi commencé le récit de son rêve à ses dames lorsque *Feramorz* parut à l'entrée du pavillon. A sa présence, toute autre chose fut oubliée, et on demanda aussitôt la suite de l'histoire. Le bois d'aloès qui brûlait dans les cassolettes fut renouvelé ; les sorbets de violettes passèrent de main en main ; et, après avoir préludé sur son luth dans le rythme pathétique de *Nava*, destiné à exprimer les lamentations des amants séparés, le poète continua ainsi .

CHANT III

E jour est sombre. La vague noire dort tranquille, pendant qu'un firmament bouleversé semble un immense dôme dont les débris sont dispersés entre le ciel et la terre. Pas un nuage dans la plaine de l'azur, qui ne parle de tempête, ici, fuyant légers comme la trace des coursiers lancés dans l'arène, là, roulés et gonflés comme orgueilleux de porter le tonnerre dans leurs flancs, pendant qu'à côté, d'autres semblent les entrailles même du ciel entr'ouvert, comme si l'orage, ayant déchiré le ventre puissant où il a pris naissance, furieux, balayant tout devant lui, se précipitait maintenant sur la terre.

A terre, aussi, tout est calme, d'un silence profond, redoutable, plus terrible que l'éclat de la tempête. Le pêcheur se hâte de gagner les bois de l'*Ormus* pour y abriter son esquif, en attendant des heures plus propices; les oiseaux de mer fuient vers le rivage, avec des croassements sinistres, pendant que le pilote s'arrête et mesure d'un regard inquiet un horizon plein de menaces. Ainsi tout

était en harmonie, triste et sombre comme l'âme d'*Hinda*,
lorsque sa barque s'éloigna des rivages de la Perse. Point
de musique pour donner la cadence à l'aviron; point d'amis
pour la saluer de la main jusqu'au dernier moment, ou
pour lui faire entendre le dernier adieu. Elle était seule,
négligée de tous, quand le vaisseau abandonna tristement
le bord, comme une de ces barques condamnées qui
voguent en silence vers *la porte des pleurs* (*a*). Et où était-il,
le sombre *Al-Hassan,* en ce moment? Ne pouvait-il, ce
saint fléau de l'humanité, laisser une minute, sa dévotion
sanguinaire, pour dire adieu à son enfant? Non; tout entier
à ses méditations, horrible mélange de prières et de blasphèmes, retiré en quelque lieu sauvage et solitaire, il pense
à la nuit de carnage qui approche, avec l'instinct de mort
qui guide le vautour, et lui fait deviner son horrible pâture
dans un souffle encore vivant!

✶

Cependant sa malheureuse fille s'éloigne de ces scènes de
meurtre, comme le jeune oiseau de Babylone, pour porter
la nouvelle d'une victoire, regagne son nid à tire d'aile,
non, hélas! sans que cette aile n'ait été tachée de sang
par la main qui la tenait enchaînée. Est-ce que le cher foyer
laissé depuis si longtemps ne ramènera pas la gaieté sur son
visage? Les fleurs qu'elle a cultivées, les bosquets si connus
où souvent son esprit s'égarait dans de doux rêves, ses
gazelles qu'elle reverra, bondissant de joie à son retour, et
faisant retentir leurs clochettes d'argent; ses oiseaux au
nouveau plumage, et ses jolis poissons pailletés d'or qui
se rangeront auprès d'elle, dans leur fraîche fontaine de
jaspe (*b*).

Tant de délices qui l'attendent ne peuvent égayer son front. Silencieuse, éloignée de son cortège, elle repose, charmante encore dans sa tristesse, semblable à l'ange pâle du tombeau; et elle regarde, au delà de la vague orageuse, ces tours où, dans quelques heures rapides et terribles, le sang, le sang humain coulera à torrents, le sang, hommage impie au soleil de demain!

*

— « Où es-tu, toi, glorieux étranger? toi, si aimé, si perdu, où es-tu maintenant? Ennemi, Guèbre, infidèle! quel que soit le nom qui t'appartienne, toujours glorieux, toujours cher à ce cœur, cher comme mon propre sang, qui que tu sois, oh! oui, Allah! redoutable Allah! oui, si c'est là un crime, fais que la vague noire qui m'entoure se soulève et m'ensevelisse à l'instant même, avant que mon âme, oubliant sa foi, son foyer, son père, tombe devant son idole terrestre, ne trouvant pas, même en Toi, rien au-dessus de lui; car, oh! je l'aime d'une ardeur si étrange, que ton paradis lui-même serait obscur et sans joie, si je ne le partageais avec lui. »

*

Ses mains étaient jointes, et ses yeux détournés laissaient couler des larmes, brillant comme la pluie au rayon de la lune (like moonlight rain); et si ses lèvres, pauvre insensée, proféraient des paroles brûlantes, passionnées, audacieuses, profanes, une auréole de sainteté brillait encore dans ses yeux noirs et autour de son front, montrant bien que les cieux étaient la vraie patrie de cet être

maintenant égaré sur la terre ! C'est qu'une âme pure comme
la sienne est pure, même quand elle se trompe ; ainsi qu'un
rayon de soleil, reflété et détourné par un ruisseau limpide
reste toujours rayon. Toute pensée, hormis une seule, était
si bien sortie de son esprit qu'elle ne voyait pas l'orage, qui
montait, rendant le jour obscur comme la nuit, et qu'elle
n'entendait pas le bruit tumultueux qui se faisait au-dessus
de sa tête, étrange bruit mêlé de paroles et de cliquetis
d'épée qui semblaient engager une terrible lutte avec le ciel.

*

Mais écoutez ! Des cris de guerre éclatent sur le pont ;
tout craque dans un effroyable vacarme, comme si mâts,
voiles, et tout le reste, tombaient fracassés au milieu des
cris, des trépignements et des blasphèmes du désespoir !
Dieu du ciel ! qu'est-il arrivé ? Ce n'est pas la tempête ; bien
que terrible elle secoue le navire comme s'il chevauchait
à travers des montagnes de vagues. Mon Dieu ! mon Dieu !
pardon ! s'écria la jeune fille, tombant à genoux, toute
tremblante, et se croyant arrivée à l'heure du jugement,
pendant qu'accroupies autour d'elle, moitié mortes de peur,
ses femmes restent immobiles et sans voix !

Mais écoutez encore ; un second craquement, un troi-
sième, et tout à coup, comme si la foudre, en éclatant,
entr'ouvrait le pont, des flots de sang, des vagues furieuses,
les cordes, les épées, les poignards et les hommes se précipitent en une mêlée horrible, confuse, où l'on entend
quelques malheureux crier, en combattant jusqu'au dernier
soupir : *Pour Dieu et Iran !*

Mais quelle main a détourné de sa tête les périls dont la
menaçaient cet ouragan de fureur. Qui l'a arrachée à cette

horrible scène de carnage ? Elle l'ignore, car elle s'évanouit
et son corps frêle reste, au milieu des ruines de cette heure,
comme une pâle fleur ensevelie dans l'éruption d'un vol-
can! Oh! ce spectacle et ces bruits de mort! Le pont
entr'ouvert, l'équipage luttant sur les bordages ébranlés, les
voiles dont les fragments, éclaboussés de sang, fouettaient
comme de sanglantes bannières sur les têtes des combattants, le cliquetis des épées, et les éclairs faisant luire les
armes agitées au-dessus des têtes comme d'effrayants
météores ; la furie des éléments et la rage universelle faisant
douter quel était le plus terrible du ciel ou de l'homme,
voilà ce qui l'avait frappée avant de perdre les sens.

✳

Une fois, cependant ; mais non, cela ne pouvait être,
c'était un fantôme, fils de son imagination! Elle pensait,
pendant que ses yeux étaient encore entr'ouverts, avoir vu,
dominant cet ouragan de ruines, passer comme un éclair
cette forme surhumaine, la gloire de son âme, même alors,
brillant au-dessus de ses compagnons d'armes ; ainsi, dans
une nuit sombre et troublée, l'étoile d'Égypte dont l'orgueilleuse lumière est inconnue de ceux qui habitent les
blanches îles de l'Orient, brille et jette dans l'obscurité des
regards de flamme, qui forcent tous les autres yeux du ciel
à se fermer! Mais non ce n'était que le rêve d'un moment,
une fantaisie! Et, avant qu'un cri fût à moitié échappé de
ses lèvres, elle s'évanouit. L'obscurité se fit dans son âme
et dans ses sens ; tout disparut autour d'elle ; elle resta
plongée dans l'immobilité de la mort!

✳

Belles et pures sont les heures tranquilles qui succèdent à
l'orage, quand les vents furieux cessent de combattre, et
que les nuages, fondus par de doux rayons, laissent la terre et
la mer s'endormir dans une brillante tranquillité! Suaves
sont-elles, comme si le jour venait de renaître, renaître de
nouveau, sur les genoux du Matin! Quand de légères fleurs,
brisées et ballottées au gré de l'ouragan, flottent suspendues
dans l'air transparent qu'elles embaument, en reconnaissance du repos qu'il leur a rendu; quand chaque goutte, dépo-
sée sur le gazon et les fleurs, brille comme *ce diamant* dont la
flamme liquide est sortie du tonnerre; quand au lieu d'une
brise violente, soufflent mille zéphirs, comme s'ils étaient
tous, les serviteurs des plantes, chargés de répandre leurs
divers parfums par divers chemins; quand les eaux bleues
courent sous le même beau soleil qui les caresse, et que,
gonflées par la tempête, elles rappellent le soupir qui gonfle
les cœurs de deux fiancés dont l'amour vient d'être béni,
cœurs encore trop heureux pour être tout à fait au repos!

*

Telles étaient les heures dorées qui passaient sur le
monde lorsque Hinda s'éveilla de son long évanouissement
n'entendant d'autre bruit que celui de l'eau courant sous
les flancs du navire poussé mollement sur la vague. Mais
où est-elle? Elle ouvre des yeux étonnés; est-ce bien
là la barque qui, ce matin même, l'a emportée de la
baie d'*Harmozia*, dont les chiens de mer suivaient le sillage
ensanglanté? Non; tout ce que rencontre son regard est
étrange et nouveau; elle repose sur le pont d'une galiote;
elle n'est plus abritée sous un riche pavillon; ses yeux assoupis ne sont pas éventés par des plumes; le jasmin n'em-

baume pas les coussins. Une rude litière couverte de grossiers vêtements de guerre, voile sa couche; et de larges
ceintures et des châles, tendus sur des javelots, voilà ce
qui abrite sa tête! Elle regarde, effrayée, et aperçoit près
d'elle un groupe de guerriers étendus sur le pont et reposant au soleil leur membres fatigués, car, pour aujourd'hui,
leur œuvre de mort est accomplie. Les uns suivent des yeux
le sillage, dans une rêverie inconsciente; les autres jettent
des regards impatients sur la voile qui retombe indécise,
battant contre le mât, soulevée à peine par une brise lan-
guissante.

  — Oh! grand Allah! qui la sauvera maintenant! pas un
seul cimeterre arabe, pas un seul turban! Au milieu de
tous ces hommes de guerre, pas un seul croyant, un seul
fidèle de *Moslem!* leurs costumes, leurs ceintures de cuir
enveloppant la tunique jaune, cette couleur de la rébellion,
toutes ces têtes couvertes de la toison tartare! Oui, oui,
ses craintes ne sont que trop réalisées; et le ciel, en cette
heure terrible, l'a abandonnée au pouvoir d'*Hafed!* d'*Hafed*,
le Guèbre! A cette pensée tout son sang se glace. Lui,
qu'elle a appris, à toute heure à maudire comme le démon
même du péché, un ministre que l'enfer a envoyé pour jeter
son ombre, partout où il passe, entre l'homme et Dieu! Et
c'est de cet être monstrueux qu'elle est maintenant la cap-
tive! La vertu jetée, seule impuissante, au milieu de ses
bandes forcenées, ennemies, livrée aux mains des infidèles!

∗

Mais quel espoir plein d'audace a soudain brillé dans ses
yeux? Est-ce le désespoir qui lui prête la hardiesse avec
laquelle plonge au milieu de cette foule armée son regard

inquisiteur, si ardent que les guerriers se courbent devant lui comme devant la forme de celui que ce regard cherche à découvrir? Mais non; elle ne l'aperçoit point; il est parti; la vision qui, un instant, avait brillé dans l'orageuse et sanglante mêlée, s'est enfuie; c'était un vain fantôme, *rêve arc-en-ciel*, moitié ombre, moitié lumière, que le pinceau de l'imagination dessine sur les nuages déroulés autour de notre âme, durant son sommeil ou son extase.

*

Mais maintenant la barque, dans une course plus légère, bondit sur la crête des vagues bleues. L'équipage est en mouvement, les avirons sont dehors; et, avec un bruit léger, font rejaillir des fragments du brillant miroir de l'Océan. Et maintenant elle voit avec horreur la barque mettre le cap sur cette montagne et ces tours dont la vue la fait frissonner, ces tours où les hordes impies de *Mecca* se cachent, comme le scorpion qu'on va écraser, se roule une dernière fois dans le poison dont il se nourrit.

*

Au milieu des clartés de la terre et des flots, cette puissante montagne s'élève, obscure, sans autre lumière que le nuage enflammé, rouge de sang, qu'on voit au-dessus de sa tête redoutable, comme la bannière de la destinée flottant à l'endroit même où il faut mourir. Si *Hinda,* à cette heure terrible, avait conservé la faculté de penser, elle aurait pu se demander, émerveillée, quand et comment le pied d'un homme avait gravi ces rochers, car jamais Arabe n'avait ouï parler d'une autre route que du passage à travers le vallon. Mais sa pensée se perd dans la terreur, lorsque la barque, en approchant, bondit plus fort, et qu'elle sent les vagues se briser avec violence aux abords de ces affreuses cavernes où la mer se précipite à travers les détours des masses volcaniques, et qu'elle entend une voix forte commander sur le pont d'abaisser le mât et d'éclairer les torches. Aussitôt, sur le flot, lancée comme un dard, elle franchit l'entrée, sombre comme le porche éternel à travers lequel passe l'âme, quand elle est séparée du corps.

La lueur des flambeaux et des torches se mêlait à celle des flots écumants ; ils s'avançaient, silencieux, comme si chacun retenait sa respiration, craignant de parler sur cet abîme obscur, où *semblait obscur le bruit lui-même,* tant les échos, fantômes de la caverne, se répondaient tristement, semblant chuchoter entre eux, le long de la vague noire, quelque secret de la tombe !

Mais doucement, ils s'arrêtent. Le courant semble revenir sur lui-même. Une barrière invisible irrite le flot qui recule en écumant ; et à grand'peine, la force redoublée des avirons remonte la vague qui tourbillonne. Ecoutez : un pied intrépide s'est élancé sur les rochers ; une chaîne est jetée ; les avirons sont rentrés. Retenue par le grappin, la barque, secouée, se balance sur ses amarres ! A l'instant même un rayon tremblant pénètre dans les ombres ; mais, avant que la jeune fille ait pu reconnaître d'où venait cette lueur, une main invisible attache promptement un bandeau sur ses yeux, pendant que la rude litière où elle repose, enlevée par les guerriers, chemine sur les rochers.

*

Heureuse puissance de la lumière ! génie du jour ! quel
baume, quelle vie se cachent dans tes rayons ! Te sentir est
un tel ravissement que, n'y aurait-il dans ce monde d'autre
joie que de reposer tranquille au soleil, ce monde serait
trop enchanteur pour que l'homme voulût l'abandonner
pour les profondes et froides ombres du tombeau.

Hinda, bien qu'elle ne pût rien voir sur la route périlleuse
où on l'emportait, reconnut à la fraîcheur de l'air qu'elle
était, soudain, sortie de l'obscurité, et qu'elle respirait de
nouveau dans une région éclairée par le soleil. Mais bientôt
cet air embaumé cessa de la caresser, car, maintenant, le
labyrinthe informe courait à travers un brouillard obscur,
au milieu de rameaux fracassés, de rochers éboulés, où l'on
entendait les bonds du léopard qui, arraché par la faim à
son sommeil, s'élançait dans ce chaos, prenant chaque roche
pour une proie. Le cri du chacal, le grognement éloigné
de la hyène féroce et solitaire, et ce bruit monotone des
torrents qui tombaient au fond du vallon, semblable à
l'éternel abîme qui s'entr'ouve sous le pont de la *Mort !*
Tout, tout répand la terreur, et même, voir et contempler
ces objets effrayants serait un soulagement à l'imagination
de celle qui ne fait que les entendre, car, dans la nuit,
l'imagination, grandie par de tels bruits, donne aux choses
des formes encore plus horribles !

Mais rêve-t-elle ? La peur a-t-elle de nouveau porté le
désordre dans son cerveau, ou bien est-ce, véritablement,
une voix harmonieuse qui vient de murmurer ces mots à
son oreille :

— « Ne crains rien, mon amour, ton Guèbre est ici. »

Elle ne rêve pas ; tout sens et tout oreille, elle boit ces
paroles : « ton Guèbre est ici ». Oh ! c'était bien sa voix ;
elle ne pouvait se tromper. Dans le monde entier sa voix

seule pour elle est aussi tendre, aussi douce, aussi éloquente !
Oh ! la rose de mai déchirera son brillant calice pour un
enfant de l'air autre que de son doux rossignol plutôt
qu'on ne verra l'amante se méprendre à la voix, au soupir de
l'aimé. Quel bonheur, au milieu de ses épreuves, de penser
qu'elle est près de celui dont le sourire, même au milieu des
ruines, a le pouvoir de rendre les ruines chères ! Mais bien
vite ce rayon de bonheur est éclipsé par les craintes qu'elle
conçoit pour lui. Comment l'impie *Hafed* supportera-t-il
qu'un de ses Guèbres ait jeté, sur une jeune fille arabe,
d'autres regards que ceux de la haine, une fille de *Moslem*,
l'enfant de l'homme dont la bannière sanglante a renversé
et éteint leurs autels et fait de leur terre chérie une solitude !
Et plus terrible pensée ! La nuit de sang qui approche ! Qui
arrêtera les cimeterres quand ils auront une fois goûté du
sang persan ? Qui servira de bouclier à la victime ; quel bras
arrachera son amant à la fureur de son père ?

*

— « Mon Dieu sauve-le, s'écrie-t-elle, sauve-le, cette nuit ;
et si jamais tes yeux ont été réjouis de la vue du pécheur
pleurant, repentant, faisant le sacrifice de son cœur ; pro-
tège-le cette nuit ; et ici je jure, en présence de ton trône,
je jure d'arracher du fond de ce cœur, amour, souvenirs,
espérance, d'en briser toutes les cordes qui le font vibrer,
et de te le donner tout entier, meurtri et saignant. Laisse-
le vivre ! Les larmes de feu, les soupirs si coupables et si
chers qui furent tous pour lui, seront, dès cette heure, pour
le ciel seul. Ma jeunesse écoulée dans la pénitence, ma
vieillesse, dans un long et douloureux pèlerinage, ne lais-
seront plus de traces de la passion enflammée qui me

ravage maintenant; mes lèvres ne prononceront plus son
nom béni; et quand je prierai pour son âme chérie, qui a
perdu la route des anges dans une éclipse terrestre, ce sera
pour qu'il brille, racheté, glorieux, et tout entier à toi!
Pense, pense quelle victoire! Conquérir, arracher au péché
une âme radieuse comme la sienne, astre errant, emporté
loin de la vertu, ramené au ciel, son pays natal! Qu'il
vive! et tous deux nous sommes à toi; tienne avec lui;
car, heureux ou malheureux, vivant ou mort, son sort est
le mien; et, s'il meurt, nous mourrons tous deux. »

ALLA-ROOKH fut vivement priée par ses dames, dans la soirée suivante, de continuer le récit de son singulier rêve ; mais l'intérêt plein de crainte qu'elle portait à *Hinda* et à son amant en avait complétement effacé le souvenir, au grand désappointement d'une ou deux belles voyantes de son cortège, habiles dans l'interprétation des songes, et qui avaient déjà remarqué, comme un mauvais présage, que la princesse, le lendemain même du rêve, portait un costume de soie teinte avec les fleurs du mélancolique *Nilica*.

Fadladeen, dont la colère avait éclaté plusieurs fois pendant le récit de différents passages de ce poème héterodoxe, semblait à présent avoir résolu de soumettre tranquillement son esprit à l'épreuve ; et il prit sa place, ce soir-là, avec la résignation d'un martyr, pendant que le poète continuait, comme il suit, sa profane et séditieuse histoire :

CHANT IV

A des yeux sans larmes et à des cœurs heureux les verdoyants rivages et les brillantes mers qui s'étendent aux pieds de la montagne eussent paru un spectacle enchanteur. C'était une de ces délicieuses soirées qui succèdent souvent à une journée d'orage; lorsque l'Occident ouvre au soleil sa couche dorée, et que le rayonnement humide des cieux scintille et tremble comme les yeux d'un pénitent dont les dernières heures expient les fautes passées, et dont les larmes, coulant sur des péchés déjà pardonnés, brillent en même temps que la lumière céleste !

Le calme est partout. Les vents qui, naguère, accouraient, furieux, des bois d'amandiers de *Kerman*, et arrachaient aux datiers ces festins qui réjouissent les voyageurs (*a*), rident à peine la vague de la *mer Verte* dont les eaux limpides brillent comme si ses mines de perles tout entières fondues, coulaient à la surface; et les belles et gracieuses îles qui s'y reflètent avec leurs bords ombragés semblent

ces îles lumineuses des *Péri* qu'un enchantement tient suspendues dans les airs.

Mais vainement ces beautés s'étalèrent sous les yeux
éblouis d'*Hinda*, au moment où le bandeau fut enlevé, et
que, pâle et effarée comme ceux qui se réveillent dans leur
tombeau à l'appel des anges, elle chercha à lire son destin
dans les regards farouches qui l'entouraient, et qu'elle vit
ces tours désolées dont les sommets terribles semblaient
défier le ciel même de les dorer de son sourire. En
vain, avec une crainte mêlée d'espoir, elle chercha celui
dont la voix chère, suave, harmonieuse, résonnait tout à
l'heure à son oreille. Rêve étrange et moqueur! De nouveau
il a fui!

*

Oh! quelles émotions, quelles angoisses mortelles
pénètrent son cœur quand les voix acclament autour d'elle
Hafed, le chef, et que tous les guerriers l'un après l'autre
répètent ce nom redoutable! Il vient; le rocher résonne du
bruit de ses pas. Comment osera-t-elle lever la tête, pour
rencontrer ces yeux, dont les enfants les plus intrépides de
Yemen ne peuvent supporter l'éclat dévorant, dont le regard
rouge répand des lueurs pareilles à ces flammes d'enfer que
projettent dans la nuit les feuilles envenimées de la Mandragore? Comment pourra-t-elle entendre cette voix dont le
terrible cri de guerre suffit à disperser les escadrons, comme
dans le désert, une caravane, rangée paisible autour d'un
puits, qui entend tout à coup le rugissement du tigre? Sans
voix, les yeux baissés vers la terre, elle tressaille sous ce
regard, tel qu'elle se le représente, fixé menaçant sur elle; et
ses tremblements redoublent au bruit de la bande guerrière

qui se retire. Jamais moment de repos plus rempli de terreur, quand *Hafed*, d'une main tremblante, prit la sienne et,
s'appuyant sur elle, dit : *Hinda !* Ce mot fut tout ce qu'il dit,
et ce fut assez. Le cri qui s'échappa de sa poitrine dit le
reste. La terreur, la joie, la surprise lui enlevant la voix, la
jeune fille lève à peine son regard émerveillé, et se cache
aussitôt dans la poitrine de son Guèbre ! C'est lui ! c'est
lui ! L'homme de sang, le plus méchant des démons du
feu ! *Hafed*, le démon des batailles dont la vue aveugle, dont
la voix glace tout courage, n'est autre que son Guèbre bien-
aimé, charmant et glorieux comme, quand pour la première
fois il illumina de son sourire le kiosque solitaire, et lui
révéla la pure lumière de ses yeux, pour éclairer ses rêves si
beaux qu'elle crut avoir donné asile à un hôte céleste !

*

Il est, pour embellir les destinées les plus éprouvées, il
est des heures pareilles au soleil dont le rayon brille dans un
ciel couvert des sombres nuages du simoun, ou semblables
au bouton qui fleurit sur les bords calcinés d'un cratère !
Le passé, l'avenir, tout ce que le destin peut apporter de
sombre ou de désespéré, ne fait qu'ajouter à leur charme et
à leur éclat. Lui-même, le jeune guerrier, bien que toutes
les étoiles d'espérance qui embellissaient son ciel aient disparu, malgré sa gloire évanouie, sa cause trahie, *Iran*, son
pays bien-aimé changé en un sombre désert de chaînes et de
tombeaux ! Lui-même, qui ne retenait encore la vie dans
son cœur que pour assister aux derniers combats et au
départ de la grande âme de la Liberté, qui, arrivé au dernier
terme de l'infortune, voyait cependant sa destinée s'assom-
brir encore ; lui-même, le jeune guerrier, dans les caresses

de cette heure, dans les doux yeux dont l'éclat lui donnait cette assurance, supérieure à tous les transports connus de la terre, qu'il était aimé, bien tendrement aimé, oh! oui, dans cette heure il éprouva, lui, le jeune guerrier, à quelle profondeur nous pénètre, à quelle hauteur nous élève de tels ravissements! Combien exquise est une seule goutte de bonheur qui brille sur les bords de la coupe des misères; avec quelle avidité elle est bue, savourée, bien que la mort doive la suivre! Elle aussi, dans ces yeux qui plongent au fond de son âme, oublie toute crainte, toute misère, semblable au malheureux qui sourit pendant son sommeil et mêle de joyeux rêves à ses sanglots!

*

— De ces ruines puissantes, suspendues au sommet de la montagne rocheuse, et qui surplombaient l'abîme de l'Océan, ils pouvaient voir, au large, de nombreuses et jolies barques s'élançant du fond des criques où elles avaient cherché un abri, et, ouvrant à toutes les brises du soir leurs voiles, encore mouillées, comme des aigles après l'orage déploient au soleil leurs ailes humides. Bien que l'astre du jour ait disparu derrière les collines de *Lar*, de beaux nuages brillaient, encore, des splendeurs attardées du crépuscule, comme si l'esprit de la lumière du soir en prenant son vol avait, pour rendre hommage au pompeux Occident, laissé tomber derrière lui son manteau *de soleil*. Jamais scène plus favorable à l'amour! Au-dessous d'eux, les vagues de cristal se meuvent et se gonflent en silence; au-dessus, le ciel brille; et leur cœur, dans de purs transports, se gonflent comme la vague et brillent comme le ciel! Mais, hélas, trop tôt le rêve est passé! De nouveau, ses terreurs se réveillent!

La nuit, l'horrible nuit approche rapidement. A l'horizon, la clarté diminue ; et les teintes roses, qui s'étendent sur la mer, disparaissent. Elle jette un regard inquiet sur les cieux qui s'obscurcissent peu à peu, et s'écrie avec égarement :

— « Il a dit cette nuit, et, vois, elle approche. Fuis, fuis. Si tu m'aimes, fuis vite avant que ses hordes meurtrières arrivent ici, et avant que je te voie massacré. Mais, quoi, n'entends-tu pas la marche des hommes qui résonne au loin dans le fond de l'horrible vallon ? Peut-être déjà gravissent-ils le bois. Fuis, fuis! Quoique le couchant soit encore éclairé, il viendra, oh ! oui, il a soif de ton sang. Je le connais ; il n'attendra pas la nuit ! »

Et elle s'attachait avec force, dans l'agonie de la terreur, au jeune chef douloureusement étonné :

✻

— « Hélas! pauvre enfant éperdue ! c'est à moi, à moi que tu dois cet accès de délire. Perdu comme je le suis, rien n'approche de mon ombre sans périr aussitôt. Mon destin est pareil à l'air de la mer Morte où nul être ne peut conserver la vie. Pourquoi, dans l'orage de ce matin, le ciel a-t-il voulu que nos barques fussent emportées l'une vers l'autre? Pourquoi, lorsque, ayant vu quel butin précieux le sort avait livré à mon désespoir, lorsque, ayant jeté un seul regard sur tes charmes pâlis et abattus, je jurai (bien que veillant, invisible, à ta sûreté dans les heures d'alarmes), je jurai de ne plus m'exposer à une vue qui abat mon courage. Pourquoi ai-je rompu le serment, torture de mon cœur ? Pourquoi ai-je été assez faible, assez insensé pour te voir ici?

— Ne tressaille pas ; ce bruit est celui des torrents qui mugissent au loin dans le vallon. Ne crains rien ici.

— Sur ces rochers, nous sommes au-dessus des disputes et au-dessus des espérances et des craintes du monde ; sombre sécurité, semblable à la mort ! En vain la terre s'unirait à l'enfer pour assiéger ces hauteurs sacrées ; ne crains rien. Moi-même, cette nuit, avec les étoiles qui habitent près de Dieu, nous veillerons sur toi ; et tu seras de retour auprès de *ton père* (thy Sire) avant que brille l'aube de demain. »

— « Demain ! non, s'écrie la jeune fille. Tu ne verras jamais le soleil de demain. Mort ; tu seras mort. La mort de tous côtés enveloppera ces tours, à moins que nous ne fuyons ensemble à cette heure ! Tu es trahi ; un misérable de ceux qui connaissent le passage mystérieux du terrible vallon ! — Non, ne doute pas. Par ces étoiles, ce que je dis est vrai ! t'a vendu à mon vindicatif seigneur. Ce matin, avec ce sourire cruel, qui révèle ses joies, il m'a tout dit ; il marchait triomphant, à travers notre salle, comme s'il sentait sous son pied le dernier battement de ton cœur ! Dieu du ciel, combien j'étais loin de penser que sa victime était mon bien-aimé lui-même ! Fuis ; envoie quelques guerriers garder le passage. Par ma part du Paradis, ce que je dis est vrai ! »

★

Plus froid que le vent qui glace une fontaine, au moment où elle joue aux rayons du soleil, est l'angoisse qui saisit un cœur confiant, quand il se sent trahi. Le jeune guerrier, profondément atteint, comme si ce discours avait figé tout son sang, est là debout, sans mouvement. On eût dit qu'un enchanteur l'avait changé soudain en une statue de marbre ; et il semblait un habitant des salles silencieuses d'Ishmonie(*b*).

Mais ce froid accablant cessa bien vite; et sa grande âme rendue à elle-même, se révéla sur son front brillant de l'éclat de ses meilleurs, de ses plus heureux, de ses plus grands jours. Jamais son cœur sublime ne s'éleva plus haut qu'à cette heure suprême, où ses regards empreints d'une détermination sereine sont tournés vers le ciel dont les yeux lui apparaissent comme les signaux de feu du destin. Elle est venue, elle est venue, l'heure du martyre pour la sainte cause d'*Iran* ; et, quoique sa vie ait passé comme un éclair dans un jour d'orage, sa dernière heure laissera une trace permanente et glorieuse que les braves, les braves éprouvés des temps futurs, contempleront d'un œil d'envie, et dont la lumière les éclairera pendant les longues nuits de l'esclavage, pour tirer vengeance des crimes des oppresseurs! Ce rocher et le monument qui le domine diront son histoire aux âges les plus reculés; et ici, bardes et héros viendront souvent en secret pèlerinage pour montrer à leurs enfants étonnés le lieu où tomba *Hafed*, et leur feront jurer, sur ces derniers débris des anciens autels de leur malheureuse patrie, de ne jamais, jamais pardonner, tant qu'il leur restera un souffle, à la race maudite dont les chaînes ont laissé sur le cou d'*Iran* une tache que le sang peut seul effacer !

Telles sont les pensées qui ceignent le front d'*Hafed* d'une auréole; et jamais saint d'*Isa* (*c*), à la vue de la guirlande rouge tressée pour le martyre, n'éprouva de plus vifs transports que le jeune Guèbre, à la vue du bûcher funéraire qui s'élevait à côté de l'autel du *Dieu du feu*, prêt pour la mort glorieuse des braves échappés à la honte et aux chaînes, couche de flamme semblable à celle du prophète dont le ciel changea les charbons en roses ! (*d*)

✶

La jeune fille suit attentivement ses rapides regards. Pourquoi ses yeux lancent-ils de si redoutables éclairs? Quels sont ses projets? Hélas! pourquoi est-il là à hésiter, quand chaque moment augmente le danger?

— « *Hafed*, mon bien-aimé seigneur; lui crie-t-elle, tombant à ses genoux, — premier et dernier adoré! si jamais tu as senti, dans ton âme, la moitié de ce qu'ont juré tes lèvres passionnées, ici, sur ces genoux qui n'ont jamais plié que devant Dieu, je te conjure, si tu m'aimes, je te conjure de fuir. Maintenant; maintenant, avant que leurs épées te menacent. Oh! hâte-toi, la barque qui m'a conduite ici peut nous emporter, sur la mer qui s'obscurcit. A l'Est, à l'Ouest; hélas! qu'importe, si tu es sauvé; si je suis avec toi! » Alors, sa tête penche; et elle éclate en sanglots qui soulèvent sa poitrine, comme si elle allait se briser.

Cependant lui, jeune, passionné, oh! ne vous étonnez pas si, pendant un instant, son orgueil, sa gloire, ses serments, sa cause, la flamme de l'autel, si tout, *Iran* lui-même, fut oublié pour celle qu'il voit agenouillée à ses pieds dans les transes de l'agonie! Ne le blâmez pas si, un instant, l'aurore de l'Espérance embellit de son sourire les heures, les jours, les nuits à venir et lui donne l'avant-goût de ces trésors de délices que l'être charmant, rayonnant de beauté, qui l'implorait, était si bien fait pour faire goûter et partager. Une ou deux larmes tremblant sous sa paupière, tandis qu'il se penchait pour relever la suppliante, le dégagèrent de ce dangereux nuage de tendresse qui passait sur son âme. Il les secoua vivement comme indignes de tomber sur son visage, semblable à celui qu'un jour de bataille peut troubler, mais jamais déshonorer.

Mais, bien qu'ayant dominé l'émotion énervante, son ardeur, sa faiblesse se retrouvent encore dans ses accents et

ses regards, les uns et les autres si touchants, que la jeune
fille espère à moitié dans cette fuite *qu'elle implore,* et qu'elle
pense à moitié avoir rendu l'âme du héros aussi tendre,
aussi douce que la sienne; et, elle lui sourit et le bénit pendant qu'il répond: — « Oui, s'il est une sphère plus heureuse, favorable à des cœurs sincères comme les nôtres, s'il
est un séjour de repos pour ceux qui aiment et qui n'oublient
pas, oh! courage; pour ton salut, pour ton bonheur, nous
nous retrouverons encore dans cette sereine région! »

A peine avait-elle eu le temps de demander à son cœur,
si ces paroles lui apportaient le bien ou le mal que le jeune
homme, impatient, courut à la muraille de la tour, et en
détacha une pesante corne de mer [1] et la fit résonner d'un
signal rauque et terrible comme celui qui annonce le réveil
du démon des tempêtes. Bien vite, ce signal fut reconnu des
compagnons qui avaient juré de vivre et de mourir avec lui,
car c'était la fanfare d'alarme qui leur disait que tout espoir
avait péri et que l'heure de mourir était venue; et pendant
bien des heures, la corne de mer était restée suspendue dans
la tour en ruine, toujours prête à faire retentir la terre et la
mer, du *chant funèbre du brave et du libre.*

✳

Ils vinrent, ces braves; ils accoururent à l'appel, se ranger
en silence autour de lui! Hélas! qu'ils étaient peu! qu'ils
étaient rares les débris de ceux que réunissait dans les
plaines de *Kerman* le son du *zel* et de la timbale maure, ivres
de l'espoir qu'ils voyaient luire dans tous les reflets de leurs
longues lances brillant au soleil, beaux sur leurs coursiers,
faisant flotter en croupe les blanches queues de bœufs, et
semblables à des dieux emportés sur des chevaux ailés!

Qu'ils sont changés! que leurs visages flétris et couverts de cicatrices paraissent blêmes, pendant qu'ils se rangent autour de l'autel! qu'elle est sombre la lueur projetée sur leur face, lorsque, passant devant la flamme, chacun s'arrête pour allumer sa torche! Tout est silence; le jeune guerrier a arrêté l'œuvre que sa petite troupe doit accomplir; et il a lu, sur tous ces visages déterminés, que ses compagnons fidèles sont bien à lui.

Mais les minutes passent; déjà la nuit sème le ciel de diamants. Terrifiée, impatiente, sans voix, mais non encore sans espérance, la jeune fille voit le groupe de vétérans disposer, en silence, à ses pieds tremblants, sa litière où le jeune guerrier la place doucement en lui serrant tendrement la main. Douce et molle étreinte qui sépare pour la dernière fois les mains et brise les cœurs dans une dernière pulsation de bonheur! Et cependant cette triste caresse ranime son espérance, tant l'espoir peut errer follement!

— « C'était de la joie, pensait-elle; l'excès d'une joie muette; le doux présage de leur heureuse fuite, c'était de la tendresse, un ardent encouragement; c'était tout, excepté un adieu.

✳

— « Vite, vite! s'écria-t-elle; les nuages s'obscurcissent; mais encore, avant la nuit nous atteindrons la barque, et demain à l'aube, le soleil nous éclairera au loin sur la mer.

Mais lui ne répond pas; Dieu du ciel! s'en ira-t-elle seule? Elle est maintenant à l'endroit terrible où, il y a quelques heures, le son de sa voix vint calmer ses craintes et ses maux, douce comme la voix de l'ange *Israël* lorsqu'elle fait trembler

toutes les feuilles de l'Eden d'une suave harmonie. Et maintenant; oh! maintenant, il n'est plus auprès d'elle.

— « Hafed, mon Hafed! Si c'est ta volonté et ta destinée
de mourir cette nuit, laisse-moi mourir avec toi, et je
bénirai ton nom jusqu'au dernier souffle qui animera cette
enveloppe; oh! laisse nos lèvres, nos visages l'un contre
l'autre jusqu'au moment suprême, et je puis mourir dix
mille fois! Mais vous, qui m'emportez si cruellement,
arrêtez un moment; oh! arrêtez; un moment est peu! il
va revenir. Pour lui je prie; Hafed, cher Hafed! »

*

Ainsi elle s'épuise en lamentations qui auraient touché
des cœurs de pierre; elle répète; elle crie son nom dans ses
bois sombres; Hafed ne vint pas. — Non, couple malheureux! vous vous êtes vus pour la dernière fois; vos cœurs
auraient dû se briser en ce moment. Le songe est évanoui;
le sort en est jeté, vous ne vous rencontrerez plus ici-bas!
Hélas! pour lui qui entend ses gémissements, il s'arrête
pendant qu'on l'entraîne, et fixe des regards fiévreux sur les
torches qui brûlent le long de ces rochers, éclairant d'un
rayon lugubre la fuite de tout ce qu'il aime sur la terre!
Semblable à celui qui, en pleine mer, ayant livré aux flots
le corps d'un être tendrement aimé, plonge du regard, loin,
bien loin, sur le sillage pour voir jusqu'au dernier moment
les rayons de la lune éclairer le triste tombeau!

*

Mais voyez; il tressaille. Qu'a-t-il entendu? quel est ce
bruit terrible? Il vient du côté de la terre, à travers la gorge,

il retentit sur l'abîme; comme si les monstres innombrables
qui peuplent l'enfer avaient tous ensemble hurlé le même
rugissement. Terrible, épouvantable bruit !

— « Ils viennent ! Les *Moslem* arrivent, s'écrie-t-il ; tout
l'orgueil de son âme brille dans ses yeux. Maintenant,
esprits des braves qui planez, libres, dans la voûte étoilée ;
réjouissez-vous ; car des âmes de feu, dignes des vôtres, se
préparent à rejoindre votre chœur ! »

Il dit ; et léger, comme les fiancés qui volent à leurs
jeunes amours, il gravit de nouveau les rochers et va à l'autel. Ses compagnons l'entourent. Instinctivement toutes
les épées tirées du fourreau brillent comme des rayons
échappés du soleil. Mais écoutez : de nouveau le rugissement se fait entendre, répété par tous les échos de l'abîme.
Oh ! qui eût pu, voyant tous ces guerriers l'oreille tendue,
l'œil enflammé, le glaive à la main douter de la honte indi-
gnée qu'ils éprouvaient d'entendre ces hurlements et de
rester immobiles ? Il lut leurs pensées qui étaient la sienne.

— « Quoi ! pendant que nos bras sont encore armés,
mourrons-nous en vils esclaves ? Mourrons-nous seuls,
sans une victime pour honorer nos ombres, sans un cœur
de *Moslem*, où l'épée, ensevelie, dormira un repos digne
d'elle ? Non, ciel embrasé du Dieu d'Iran ! tu méprises un
sacrifice sans gloire. Bien que privés de toute espérance
terrestre, la vie, l'épée et la vengeance nous sont laissées.
Nous ferons vivre les cavernes de cette vallée, dans la mémoire des hommes ; et les tyrans trembleront, quand leurs
esclaves parleront de la gorge ensanglantée des Guèbres.
Suivez-moi ; ce bûcher reste notre dernier refuge ; mais le
plus saint des tombeaux sera une couche de cadavres de
Moslem !

Le bras et le cœur armés d'une vigueur surhumaine, ils

s'élancent au bas des rochers. Les masses ennemies se
déroulent à travers les défilés sombres de la vallée où leur
marche se dessine par les torches qui les éclairent, trace
sinistre, semblable au grand serpent dont la queue redoutable jette dans la vallée de Golconde les éclairs de sa colère.
Les torches sont inutiles aux Guèbres. Ils connaissent trop
bien tous les mystères de la vallée ; si souvent, dans leurs
expéditions, ils ont croisé les races sauvages qui l'habitent,
que les tigres eux-mêmes, du fond de leur repaire, les voient
et les laissent passer comme des êtres indomptés et, comme
eux, inaccessibles à la crainte.

*

Il était, sur la route suivie par les *Moslem*, un ravin profond que l'obscurité leur dérobait, lieu propice pour faire
reculer des envahisseurs, pour donner à la valeur l'avantage sur le nombre. Les torrents dont le ciel avait ce matin
inondé la terre remplissaient jusqu'au bord l'abîme étroit
tandis que des roches à pic surplombaient de chaque côté
le passage, et défendaient l'accès de la montagne où la
Liberté avait élevé son autel. Là, à ce passage, s'arrête le
petit groupe des derniers vengeurs d'Iran. Ils attendent ; et
silencieux comme la mort, ils écoutent le bruit de la marche
des *Moslem*, anxieux comme les vautours qui agitent sans
bruit leurs ailes au-dessus de leurs têtes.

Ils arrivent ; le bruit d'une chute dans l'eau est le signal
de l'œuvre de mort. A vous, maintenant, oh ! Guèbres !

Ils arrivent ; Chaque front est accueilli d'un coup de
cimeterre ; ils tombent l'un sur l'autre, engloutis dans les
eaux ensanglantées ; de nouvelles victimes se pressent et
s'entassent sur les corps des noyés, victimes sans nombre.

A peine les bras de l'héroïque bande ont encore la force de
frapper; déjà, dans les mains rouges de sang, les sabres se
lèvent, harassés de massacre! Jamais horde de tyran ne
rencontra un plus sanglant accueil; jamais épée n'offrit en
vengeance à la patrie de plus terribles libations! Tout le
long du ravin rougi flotte plus d'une torche à demi éteinte,
jetant autour d'elle dans le sang une dernière lueur sinistre.
Quelles ruines! quel carnage! Les turbans et les têtes, les
membres palpitants, les bras détachés des corps retenant
encore leurs sabres, tout cela entassé dans cette boue de
meurtre. Des malheureux, embrasés par les torches que le
flot emporte, expirent dans le double supplice de l'eau et du
feu; d'autres saisis par ceux qui vont mourir, entraînés par
leurs compagnons d'armes, expirent sous les flots. Mais en
vain sont immolés les cents et les mille. D'autres cents et
d'autres mille leur succèdent. Innombrables comme les noirs
insectes du Nord volant de nuit à la lumière pour l'éteindre
ou pour en mourir, les hordes de Moslem se ruent à ce
lieu terrible jusqu'à ce que les cadavres entassés comblent
l'abîme et leur fasse un pont, horrible route sur laquelle ils
passent, foulant aux pieds les morts et les mourants.

*

Alors, malheureux Guèbres, alors, hélas! quel espoir
vous est laissé? A vous dont les yeux vengeurs voient
s'élever la fumée du bûcher du sacrifice, à vous dont les
épées ont fait connaître aux envahisseurs leurs pointes
audacieuses et acérées, à ces envahisseurs, honteux de voir
combien peu nombreux étaient les combattants! Ecrasés
par cette immense multitude, quelques-uns trouvent leur
tombeau à l'endroit où ils ont lutté; d'autres tentent le der-

nier effort et meurent aux côtés d'*Hafed*, qui, faisant face à l'ennemi, marque son sanglant passage, comme un lion, chassé de son repaire par un gonflement soudain du Jourdan, recule en combattant le flot envahisseur, et retarde à la fois son destin et la marche de l'ennemi.

Mais quoi, maintenant ? La trace est perdue; leur proie leur échappe. Guides et torches ont disparu dans le chaos des roches et le lit des torrents. Oh! la précieuse piste, pour des limiers avides, que le chemin où sont passés les Guèbres. Les Moslem se précipitent vers les lueurs qui brillent au loin sur les hauteurs sombres et inconnues. Les pieds glissent; ils roulent au fond des précipices; les uns restent suspendus sur l'abîme, emportés sur des rochers, vivant encore, banquet palpitant pour les nuées de vautours; et tous les échos de la vallée résonnent de leurs horribles blasphèmes, cris épouvantables, dernière et chère vengeance qui retentira toujours à l'oreille d'*Hafed*. Mais il a atteint maintenant le bout de la route et, comme celui qui a accompli sa tâche, il jette son glaive fumant, ayant amplement fait son offrande de sang, si bien qu'*Iran* lui-même n'a plus rien à lui demander.

*

Une seule pensée présente à son âme! C'était elle, la pure planète de son cœur, brillant encore au-dessus de sa mémoire dépeuplée et d'où avaient disparu toutes les autres lumières de la vie. Et jamais, auparavant, son image n'avait apporté à son esprit de tels enchantements; aucun nuage terrestre ne projetait son ombre entre lui et les *splendeurs de sa beauté* (her Glory), comme si, à des charmes ravissants, déjà d'autres mondes ajoutaient de nouvelles grâces, et que son âme ne la vît plus qu'à travers la lumière céleste dont il était enveloppé.

✳

Une voix se fit entendre : c'était celle d'un *ami aimé* (a loved friends), le seul de ses guerriers resté vivant dans les terribles combats de la nuit. — « Et nous faudra-t-il mourir ici, mon chef, mourir ici, entouré d'ennemis, et l'autel si près de nous ? » Ces mots réveillent le peu de vie qui lui reste. — « Quoi ! non certes. Les chaînes de Moslem ne pèsent pas encore sur nous ! »

Cette pensée arracherait la mort elle-même à sa prison de glace ! — D'un bond, il se relève, tout couvert de sang, et saisit le bras de son compagnon d'armes, qui, plus faible et plus lourd, retarde sa marche vers les hauteurs, la mort gagnant du terrain à chaque pas.

— Soutiens-les, Dieu puissant, qui entends leurs vœux !

Ils montent ; leur sang coule, rougit tous les rochers qu'ils gravissent. Oh ! viens à leur secours ! Ton épée te trahit, maintenant. Oh ! Hafed ! elle se brise sous le poids de ton corps chancelant. Vite, vite ! les cris de l'ennemi se font entendre ; ils approchent. Encore un effort ! Dieu soit béni ! Ils ont enfin atteint la cime des rochers. Ils touchent les murailles du temple. Déjà *Hafed* aperçoit le feu divin, quand son compagnon, épuisé, tombe mort au seuil de l'autel !

— « Hélas, âme courageuse, trop vite enfuie ! mais dois-je te laisser là, déshonoré, pour être foulé par des misérables, pour servir de but à la lance des lâches ? Non, par les rayons de cet autel sacré ! »

Il dit ; et, avec une force qui n'est plus de ce monde, il

enlève le corps du guerrier, et vient le déposer d'une main
mourante sur le bûcher. Allumant alors le flambeau consacré, il l'approche de la pile dont les flammes soudain
montent vers le ciel et éclairent la *mer d'Oman*.

— « Et maintenant, Dieu de la Liberté, je viens à toi !
s'écrie le jeune héros avec un sourire de triomphe, s'élançant par un effort suprême sur le bûcher, où, avant même
que la flamme ait atteint ses membres glorieux, il rend le
dernier soupir !

✳

Quel cri, en ce moment, avait retenti sur les flots de
l'Oman ? Il venait d'une barque dérivant au large, dans
l'obscurité, ayant, par son travers, *la lumière de la mort* (the
death-light). C'était le bateau qui emportait la jeune *Moslem*.
Confiée aux soins attentifs d'un petit nombre de vétérans
avec lesquels le héros n'a pas voulu partager le secret de
son destin final, espérant qu'en recevant *Hinda* de leurs
mains, saine et sauve, le père leur rendrait la liberté comme
rançon d'un objet si précieux. Ignorant le sort d'Hafed, et
fiers de veiller sur un aussi charmant fardeau, ils avaient à
peine franchi les vagues qui bouillonnent aux abords des
effrayantes cavernes quand les cris de guerre, si bien connus,
vinrent, du fond de la vallée, frapper leurs oreilles. Soudain
les avirons furent levés et restèrent suspendus, immobiles
sur les côtés de l'embarcation dérivant le long des roches,
au gré du courant, pendant que, dans un effroi silencieux,
tous les yeux étaient tournés vers les rayons tremblants de
l'autel, où le feu sacré brûlait encore, tranquille et solitaire.

Oh ! Hinda ! l'imagination ne possède pas de pinceaux
assez puissants pour peindre tes angoisses, à cette heure

terrible! Ton agonie, ceux qui peuvent la sentir pourraient
la peindre; mais ceux qui l'ont sentie n'ont pas vécu pour
la dire!

Calme est la vague; les brillantes lumières du ciel se
reflètent, en se balançant sous la proue. Il fut un temps où,
pendant ces belles nuits, celle qui est là, maintenant,
désolée, venait s'asseoir, heureuse quoique solitaire, ne
demandant d'autre joie que de voir la lumière des étoiles
se jouer sur les eaux; où, pour la rendre heureuse, c'était
assez du léger et suave sentiment de l'*Etre* qui bondit
dans la poitrine insouciante de la jeunesse! La jeunesse,
une étoile elle-même, étoile qui ne brille pas d'une lumière
empruntée, mais de sa propre essence, toujours éclatante
et joyeuse.

*

Et maintenant! Quel sort différent.

Mais, écoutez. De nouveau, se font entendre les hurlements du carnage. Oh! braves! c'est en vain que le cœur
palpitant, inclinées sur les bords de la barque, vos mains
tirent à moitié les épées du fourreau. Tout est fini ; laissez-
les se rouiller : maintenant, celui dont le commandement
leur faisait verser le trépas, cette nuit, à l'instant même,
va mourir. Bien, vous pouvez voir au loin la sombre tour,
et vous cherchez, étonnés, ce que signifient les cris de combat qui y retentissent à pareille heure. Ah! elle pourrait
vous l'apprendre, elle qui appuie sont front contre le mât
humide de rosée, pâle, égarée, éperdue! Trop bien elle sait
que sa vie, la première et dernière idole de son âme, est là
en sang, au milieu de la mêlée furieuse!

Mais voyez; quel est ce mouvement sur les hauteurs?

Quel corps projette cette lueur solitaire? Dans un silence
ému, tous les yeux sont tournés vers l'Autel. Les tiens,
Hinda, les tiens, y attachent les derniers rayons de ta vie
qui s'efface.

Ce ne fut qu'un moment. Superbe, l'immense tas de bois
funéraire éclaira le ciel et projeta au loin, sur les rochers et
sur les flots, son rayonnement mélancolique, pendant
qu'*Hafed* comme une vision, se détachait au devant du
bûcher enflammé, ombre immense, majestueuse, semblable à
l'Esprit du feu, s'ensevelissant lui-même dans son propre
élément !

« C'est lui », s'écrie en tressaillant la jeune fille; mais
pendant qu'elle dit, il a déjà cessé d'être visible; bien haut
s'élancent dans les airs les flammes du bûcher, emportant
ses dernières espérances avec celles d'Iran. Alors, poussant
le dernier cri de son cœur brisé, Hinda s'élança comme
pour atteindre cette flamme où était encore attaché son
regard mourant; et la regardant toujours, elle disparut
sous la vague profonde, profond abîme où douleur ni
peine n'atteindront plus jamais son cœur innocent !

*

« Adieu! Adieu! oh toi! fille de l'Arabie. (Ainsi gazouil-
lait une Péri au fond d'une mer sombre). «Jamais sous les
eaux vertes de l'Oman ne reposa perle plus pure au fond de
son écaille de nacre que l'esprit qui repose en toi. »

« Oh! belle comme la fleur des mers qui croît à tes côtés
combien léger était ton cœur, jusqu'au jour où la magie de
l'amour passa sur lui, comme passe le vent du sud sur un
luth résonnant un soir d'été, en brisant ses cordes et anéan-
tissant son harmonie! »

« Mais longtemps les jeunes filles viendront sur les collines de l'Arabie, dorées par le soleil, la rappeler, avec leurs fiancés, l'histoire de celle qui dort au milieu des îles de perles, n'ayant que *l'étoile de la mer* (*e*) pour éclairer sa tombe. »

« Et encore, lorsque la joyeuse saison des dattes réunira, dans les bois de palmiers jeunes et vieux, les plus heureux, en revenant au coucher du soleil, pleureront lorsqu'on leur contera ton histoire. »

. « Les jeunes villageoises, entrelaçant, pour quelque fête, des fleurs à leur noire chevelure, négligeront leurs tresses, et éloigneront tristement le miroir, en pensant à ta destinée. »

« Maintenant, Iran, amie de ton héros, t'oubliera-t-il ? Non ; quoique les tyrans ombrageux veillent sur ses larmes Iran te placera bien près, bien près, à côté de son héros, embaumée dans le plus profond sanctuaire de son cœur. »

« Adieu ! c'est à nous qu'il appartient d'embellir ton oreiller de toutes les belles choses que produit l'abîme. — Toutes les fleurs du rocher, tous les diamants roulés par le flot viendront orner ta couche et éclairer ton sommeil. »

« Et autour brillera l'ambre le plus beau qu'ait jamais pleuré l'oiseau de la mer (*f*) ainsi que bien des coquilles dont les chambres en spirales, nous on vu dormir, nous les Péri de l'Océan. »

« Nous plongerons dans les sombres jardins où vit le corail et planterons près de ta tête les tiges les plus roses ; nous irons chercher les sables les plus brillants de la Caspienne et sémerons l'or sur ta couche. »

« Adieu, Adieu ! Aussi longtemps que la source de la

douce pitié coulera dans leur cœur, le beau et le brave pleureront pour le grand chef qui mourut sur cette montagne ; ils pleureront pour la jeune fille qui dort sous ces flots ! »

L E calme singulier avec lequel *Fadladeen* avait écouté la dernière partie de cette scandaleuse (obnoxious) histoire, causa une extrême surprise à la princesse et à Feramorz, et disposa même en faveur du chambellan ces cœurs jeunes et confiants qui soupçonnaient peu la source d'une si merveilleuse complaisance. La vérité est qu'il avait conçu, pendant les derniers jours, un très louable plan de persécution contre le poète, en raison de quelques passages du second récit qui avaient paru au digne chambellan contenir un langage et des principes auquel rien ne convenait mieux que l'application de la critique sommaire du (Chabuck)[1]. C'était donc son intention, aussitôt l'arrivée à Cachemire, d'informer le roi de Bucharie des dangereux sentiments de son ménestrel ; et si, malheureusement, ce monarque n'agissait pas avec une vigueur convenable, en cette occasion (c'est-à-dire s'il ne donnait pas le Chabuck à *Feramorz* et une place à *Fadladeen*) il y aurait lieu de craindre la fin de tout gouvernement légitime en Bucharie. Il ne pouvait, cependant, s'empêcher d'augurer mieux pour lui-même et pour la cause des potentats en général ; et c'est le plaisir, né de ce mélange des pensées anticipées, qui répandait sur ses traits un contentement inaccoutumé et donnait aux yeux de cette grande et insignifiante personne l'éclat des pavots dans le désert.

Ayant ainsi décidé le châtiment du poète, il pensa qu'il était humain de lui épargner les moindres tortures de la critique. En conséquence, lorsqu'ils furent réunis, la soirée suivante, dans le pavillon, Lalla-Rookh, pensant voir toutes les beautés de son barde réduites par l'acide de la critique, comme les perles fondues dans la coupe de la reine égyptienne, fut agréablement déçue en l'entendant simplement dire, avec un sourire ironique, que les mérites d'un tel poème méritaient d'être soumis au jugement d'un tribunal plus élevé.

[1] Chabuck. La peine des verges.

Cela dit, le chambellan, soudain, se lança dans un panégyirque de tous les souverains musulmans, et en particulier de son auguste et impérial maître, *Aurungzèbe*, le plus sage et le meilleur des descendants de Timour, qui, entre autres grandes choses faites pour l'humanité, avait donné, à lui Fadladeen, les fonctions très profitables de fournisseur du bétel, dégustateur des sorbets, inspecteur des ceintures et des formes de la beauté et grand *Nazia* ou chambellan du Harem.

On approchait maintenant de la rivière dont le passage est interdit à tout pur Hindou, et on s'arrêta quelque temps dans la riche vallée de *Hussun-Abdaul* qui avait toujours été une station favorite des empereurs dans leur voyage annuel à Cachemire. Là, souvent, *la lumière de la Foi* avait erré avec sa bien-aimée, la belle *Nourmahal ;* et là, aussi, Lalla-Rookh aurait été heureuse de se fixer pour toujours, renonçant avec joie au trône de Bucharie et au monde entier pour Feramorz et son amour, dans cette vallée solitaire et délicieuse. Le temps approchait, maintenant, où elle ne pourrait plus le voir, du moins avec ces regards qui appartiendraient à un autre ; et il y avait une précieuse mélancolie dans ces derniers moments telle qu'elle eût voulut y concentrer sa vie entière. Dans les derniers temps du voyage, vraiment, elle était tombée dans une profonde tristesse dont la seule présence de son ménestrel avait le pouvoir de la réveiller.

Comme ces lampes des tombeaux dont la lumière ne s'élève que lorsqu'elles communiquent avec l'air, c'était seulement à son approche que ses yeux devenaient souriants et animés. Mais là, dans cette chère vallée, chaque moment était un siècle de plaisir ; elle le voyait tout le jour et par conséquent son bonheur durait tout le jour. Elle ressemblait, pensait-elle, à ce peuple de Zinge qui attribue la gaieté sans mélange dont il jouit à une étoile qui tous les soirs se lève sur sa tête.

Le cortège entier, en vérité, parut enivré de bonheur pendant les quelques jours passés dans cette délicieuse solitude. Les jeunes suivantes de la princesse, à qui il était laissé plus de liberté que dans un endroit moins retiré, couraient dans les jardins et bondissaient à travers les

24

prairies, légères comme de jeunes chèvres sur les plantes aromatiques
du Thibet. *Fadladeen*, cependant, en outre du confort spirituel d'un
pèlerinage à la tombe du saint, dont la vallée portait le nom, avait de
nombreuses occasions de satisfaire son goût à faire des victimes, en
mettant à mort des centaines de malheureux petits lézards que tout
pieux Musulman se fait un devoir de tuer, persuadé que la manière
dont ces créatures penchent la tête est une moquerie de l'attitude dans
laquelle les Croyants disent leurs prières !

A deux milles, environ, de *Hussun-Abdaul*, se trouvaient ces jardins
royaux qui s'étaient embellis sous la garde de tant de charmants regards. Cet endroit, avec ses fleurs et son religieux silence, interrompu
seulement par le bruit des ailes des oiseaux dans les bassins de marbre
remplis de l'eau la plus pure de ces collines, était pour Lalla-Rookh
tout ce que son cœur pouvait imaginer de parfums, de fraîcheur et
d'une tranquillité presque céleste. — Ainsi que le prophète le disait
de Damas, « c'était trop délicieux ! » et là, en écoutant la douce voix de
Féramorz, ou en lisant dans ses yeux ce qu'il n'avait jamais osé lui
dire, s'écoulèrent les plus heureux moments de sa vie. Un soir, où
l'on avait parlé de la sultane *Nourmahal, la lumière du Harem*[1] qui
avait erré si souvent parmi ces fleurs et nourri de ses propres mains,
dans ces bassins de marbre, les petits poissons brillants dont elle
était si folle, le jeune homme, afin de retarder un peu la séparation,
proposa de réciter une courte histoire, ou plutôt une rapsodie dont la
sultane adorée était l'héroïne. Elle racontait, disait-il, la réconciliation
d'une sorte de querelle d'amants qui eut lieu entre elle et l'empereur, pendant la fête des Roses de Cachemire ; et elle rappellerait à
la princesse celle d'*Haraoun et Raschild* avec sa belle maîtresse *Marida*,
qui fut si heureusement apaisée par les doux refrains des musiciens
Moussali. Comme l'histoire devait surtout être chantée, et que *Feramorz* avait malheureusement oublié son luth dans la vallée, il emprunta
la *Vina* de la petite esclave persanne de Lalla-Rookh, et commença
ainsi :

NOTES DES ADORATEURS DU FEU

CHANT PREMIER

(a). Page 104. — Sur les lames de leur cimeterre était toujours gravé quelque verset du Coran. (*Russel.*)

(b). Page 108. — Dans un des ouvrages de Shah Namch, lorsque Zal, un héros de la Perse, vient, de nuit, trouver sa maîtresse Rodahver, elle lui jette sa chevelure pour l'aider dans son ascension sur la terrasse où elle se trouve. (*Champion. S. Verdosi.*)

(c). Page 108. — Kanoon. Sorte de Psalterion fait avec des cordes de boyaux. Les dames en touchent dans le sérail, avec des écailles armées de pointes de Coro. (*Fedorini, traduit par de Cournand.*)

CHANT II

(a). Page 117. — C'est le nom qu'ils donnent au golfe Persique. (*Sir William Jones.*)

(b). Page 117. — Kishma. Iles du Golfe.

(c). Page 118. — Lieu où les Persans furent définitivement battus par les Arabes et où périt l'ancienne monarchie.

(d). Page 124. — Dans les cérémonies des Guèbres, leurs mages leur donnaient des grains de grenade qu'ils devaient garder dans la bouche pour se garantir des influences malsaines de l'air.

CHANT III

(a). Page 132. — C'est le détroit de *Bab-el-Mandel*. Ainsi nommé par les Arabes à cause des dangers qu'il offre à la navigation et du grand nombre de naufrages qui l'ont illustré.

(*b*). Page 132. — L'impératrice Jehan-Guire s'amusait à apprivoiser des poissons dans ses fontaines On les reconnaissait encore après plusieurs années aux filets d'or dont elle les avait marqués.

CHANT IV

(*a*). Page 145. — Dans le Kerman, les dattes que le vent fait tomber doivent être respectées et laissées aux indigents ou aux voyageurs.

(*b*). Page 150. — Isthmonie, ville fortifiée de la Haute-Égypte dont les habitants, disait-on, avait été changés en statues.

(*c*). Page 151. — Isa. Jésus.

(*d*). Page 151. — Les Guèbres disent que lorsque Abraham, leur grand prophète, alors enfant, fut jeté au feu par ordre de Nemrod, le feu fut aussitôt changé en un lit de roses. (*Tavernier.*)

(*e*). Page 164. — Une des curiosités du golfe Persique est le poisson que les Anglais appellent star-fish. Il est de forme ronde, très brillant pendant la nuit et semblable à la pleine lune entourée de rayons. (*Mirza-abu-Taleb.*)

(*f*). Page 164. — Quelques naturalistes ont imaginé que l'ambre était une concrétion provenant des larmes de certains oiseaux. (V. *Trévoux-Chamberse.*)

LA LUMIÈRE DU HAREM

LA LUMIÈRE DU HAREM

Qui n'a pas entendu parler de la vallée de Cachemire, de ses roses, les plus belles de la terre, de
ses temples, de ses grottes, de ses fontaines
limpides comme les yeux brillants d'amour qui se mirent
dans leurs eaux ?

Oh! qu'il est doux de voir, au coucher du soleil, le lac
sur lequel le soir, en partant, projette ses splendeurs, semblable à une fiancée qui rougit en jetant furtivement sur son
miroir un dernier regard ! Quand les autels, à moitié cachés
par le feuillage, sont tous éclairés, à cette heure charmante,
par quelque cérémonie : Ici, l'harmonie de la prière retentit
sur le minaret; plus loin, le Mage balance son urne remplie
de parfums; plus loin encore, résonnent les clochettes suspendues à la ceinture de quelque belle danseuse indienne !
Quand les cataractes brillent comme de rapides chutes
d'étoiles, et que l'hymen du rossignol de l'île de Chénars

est interrompu par les éclats de rire et le bruit léger des
pas des jeunes gens, sur les belles promenades.

Ou, le matin, quand sa magique lumière éveille, à chaque
instant, une nouvelle merveille, évoquant de l'obscurité,
collines, coupoles et fontaines. Quand l'esprit des parfums,
sortant avec le jour, de son harem de fleurs de nuit, se
répand dans les airs, et qu'un vent, plein de voluptés, agite
doucement les peupliers! Quand l'Orient est embrasé
comme la lumière des premières espérances, et que le jour,
déployant sa radieuse bannière, brille à travers le monta-
gneux portail. Sublime passage s'ouvrant, de cette vallée
bénie, sur le monde!

*

Mais jamais, à l'aube du printemps, ou sous les rayons
d'un soleil d'été, jamais la douce vallée ne brilla d'un éclat
plus joyeux qu'en ce moment où tout est amour et
lumière, dans les visions du jour ou dans les fêtes de nuit!
Un sourire plus heureux illumine chaque front; les cœurs
s'ouvrent plus vite aux doux épanchements; et l'extase est
partout; car, maintenant, la vallée célèbre sa fête des Roses (a).
Temps joyeux où le plaisir verse abondamment, sur tous
les cœurs ouverts, sa douce rosée, douce comme celle que
verse le printemps sur chaque pétale de la fleur aux cent
feuilles[1]!

*

C'était l'heure où la soirée sereine répand la fraîcheur sur
le lac, quand le jour cache ses étouffantes flammes derrière
les palmiers de Baramoule; l'heure où les jeunes filles,

abandonnant les couches brodées, où elles ont dormi pendant les ardeurs du soleil, viennent se promener et jouer au
clair de lune. Toutes étaient sorties. La ruche la plus active
des collines de Béla, quand les plaines de safran sont toutes
en fleurs, est moins occupée que l'était alors la vallée tout
entière! Mille flambeaux s'agitaient dans la profondeur des
bois et à l'ombre des îles; mille lampes éclairaient les
dômes et les minarets. Voisins ou éloignés, les champs et
les chemins étaient illuminés d'une telle clarté qu'on aurait
vu par terre la plus petite feuille de rose. Cependant,
jeunes filles et dames avaient laissé leur voile au logis, et
bien des yeux, bien des visages, qui n'auraient pas osé se
montrer en plein jour, lançaient leurs éclairs et laissaient
voir leurs charmes, parce qu'il était nuit! Et chacun en
rencontrant ses amis, s'écriait que jamais l'été n'avait
apporté une si belle fête des Roses; jamais la lune n'avait
répandu une plus suave lumière; jamais les roses n'avaient
paru si belles : immense désert de fleurs, comme si les bosquets et les champs eussent jeté, là, leurs dépouilles de
toute l'année.

Le lac, lui-même, est embaumé comme un jardin par
les bourgeons qui le couvrent: pluie de guirlandes magiques qui semblent tombées du ciel!

Puis, les éclats de joie et le son des tambours accom-
pagnant les danses, les chants pleins de gaîcté des crieurs
de minaret, descendant de la galerie, auxquels répondent
les harmonieux ziralets du harem du voisinage; et les rires
se faisant écho dans tous ces jardins où la balançoire de
soie lance, jusqu'au sommet des orangers, de délicieuses
jeunes filles; et les groupes d'enfants jouant parmi les
tentes, sans crainte de leur gardien ou de leur mère, se lançant des roses à pleines mains.

Et puis, les bruits du lac, le doux murmure des voix venues des nombreuses barques glissant aux rayons de la lune, le choc des avirons, et cet étrange bourdonnement qui remplit les airs, dans les bois, autour des îles et sur tous les rivages : musique harmonieuse, semblable à celle des rives du Kathay, qui semble répondre par un chant à chaque baiser de la vague (b) !

*

Mais plus charmants que ceci, que tout au monde, plus remplis de sentiments, sont les accents du luth de quelque amant caché qui connaît le pouvoir d'un soupir à cette heure magique. Oh! délice supérieur à toutes les délices, lorsqu'une douce harmonie emporte, sous les rayons de la lune, l'amant à côté de celle qu'il aime ; mais plus encore, sur ce beau lac, car si la femme a le pouvoir de rendre aimable la plus sauvage solitude, jugez quel ciel elle peut faire de Cachemire !

*

Ainsi pensait le magnifique fils d'Acbar (c) lorsque, laissant les signes de son pouvoir, ses pompes et les trophées de la guerre, il courait vers la vallée, oubliant tout avec la lumière du Harem, sa jeune *Nourmahal*; lorsque, libre et sans couronne, le conquérant errait seul, avec sa bien-aimée, sur les rives du lac. Il voyait dans les guirlandes qu'il enlevait, en jouant, à toutes les haies, une gloire supérieure à celle de son diadème; et il préférait, dans son cœur, la moindre boucle qui retombait sur son cou charmant, à tous les trônes du monde.

Il est une beauté dont l'éclat ne connaît pas le changement et brille sans cesse comme la lumière des longs
soleils d'été, qu'aucune ombre ne vient adoucir, si bien que
l'amour s'endort dans la monotonie de ses splendeurs.
Telle n'était pas la beauté qui donnait à la jeune *Nourmahal* la magie du bonheur; c'était un charme, sans cesse en
mouvement, jouant comme la lumière d'un beau soir d'automne, répandant sa chaleur, çà et là, montant des lèvres à
la joue, de la joue aux yeux, se fondant dans un nuage,
éblouissant dans un rayon, semblable à la vision du ciel qui
visite un saint, pendant ses rêves! Quand elle était pensive
on eût dit que la Grâce, avec tous ses charmes, venait de
naître sur son visage. Si elle était inquiète; car, même en ces
heureux climats, de légères brises agitent quelquefois les
fleurs, et, ainsi que ces fleurs répandent alors des parfums
plus suaves, son inquiétude passagère révélait de nouvelles
beautés. Si la tendresse l'animait, ses yeux noirs prenaient
une teinte, à la fois, plus noire et plus céleste; et, au fond de
ces ombres, apparaissaient, comme de sublimes révélations
du sanctuaire intérieur, les émotions de la sensibilité. Et sa
joie! oh! elle était folâtre comme le jeune oiseau s'élançant
du nid, et prenant, pour la première fois, son vol au printemps, gaie comme une Péri échappée de sa cage; et son
rire communicatif répandait partout la vie et les grâces de
son âme; et nul ne pouvait dire où cette âme brillait davantage, sur les lèvres, sur les joues, dans les yeux; car elle
brillait partout, comme un beau lac agité par la brise creuse
de tous côtés les fossettes qu'il montre, en riant au soleil.
Tels étaient les enchantements sans pareils qui avaient
donné à *Nourmahal* le maître du monde pour esclave; et,
quoique son Harem fut un vivant parterre des plus belles
fleurs de notre planète, contenant des trésors pour lesquels

Soliman lui-même eut donné toutes les richesses que la
marine d'Ophir portait sur ses rivages, cependant, tout
pâlissait devant *son* sourire; et la lumière de son Harem
était la jeune *Nourmahal!*

*

Mais où est-elle, maintenant, dans cette nuit de joie où le
bonheur est le seul emploi du cœur? Où est-elle, quand
tout brille comme les ravissantes visions de la terre féerique,
où les rues et les édifices sont faits de diamants, de lumière
et de fleurs? Où est la sultane bien-aimée? Où est-elle
quand la joie transporte le jeune et le beau? La plus belle
cache-t-elle maintenant son front dans une solitude mélancolique?

Hélas! que la plus légère cause aie le pouvoir de semer
le trouble dans des cœurs où règne l'amour!

Des cœurs qui ont traversé ensemble les épreuves de
la vie, que la douleur n'a fait qu'unir plus étroitement, qui,
ayant résisté au choc de la vague, quand rugissait l'ouragan,
succombent à l'heure de la joie, comme le navire qui sombre
en pleine mer, sous un ciel pur et serein!

Un rien, un souffle, un regard, un mot mal compris. Oh!
Amour, qui brave les tempêtes, voilà ce qui suffit pour te
détruire! Des paroles plus rudes se précipitent pour élargir
la brèche que la première a ouverte; les yeux oublient les
doux rayons, charmes des premiers jours; les voix perdent
l'accent qui pénétrait de tendresse. Ainsi disparaissent une à
une toutes les douceurs, tous les ravissements, et les cœurs
étroitement enlacés ressemblent bientôt aux nuages dispersés par le vent, ou au courant qui, après avoir brillé au sommet de la montagne, comme si jamais ne devaient se sépa-

rer ses ondes limpides, voit cependant les roches les briser
en mille flots, avant qu'elles aient atteint la plaine !

Oh, vous ! qui avez charge d'amour, retenez-le, avec soin,
dans son doux servage, enchaîné par des fleurs. Ne dénouez
pas un seul de ses liens ; ne le laissez jamais se servir de ses
ailes, car une heure, une seule minute d'éloignement, ravira
à son beau plumage la moitié de son éclat, comme l'oiseau
céleste de l'Orient, dont les ailes, radieuses, tant qu'il se
repose, cessent de briller, dès qu'il prend son vol !

*

Une de ces querelles, sans importance, et qui, cependant,
sait briser les liens qui enchaînent ensemble deux tendres
cœurs ; une ombre dans ce beau ciel d'été de l'amour, tache
légère qui contient la foudre prête à éclater, voilà quelle est
la cause du nuage suspendu sur le cœur de l'amant impérial ; voilà pourquoi il a banni, loin de ses yeux, sa *Nourmahal,* la lumière de son Harem !

Voilà pourquoi, pendant cette heureuse nuit, où le plaisir
a répandu à travers les champs et les bois tout un monde
d'amours, où chaque cœur trouve un cœur, il erre, solitaire
et sans joies, aussi fatigué que cet oiseau de la Thrace dont
les ailes ne connaissent pas de repos (*d*). En vain cet Eden
terrestre, formé des visages les plus beaux, des yeux les
plus séduisants, l'assiége de supplications ; ses joues sont
pâles ; son regard reste sombre ; le séjour où sont réunies
toutes les fleurs de ce monde, importe peu au rossignol
s'il n'y trouve pas sa rose chérie ! En vain la vallée tout
entière l'entoure d'adorations ; partout où il porte ses pas
errants, il ne s'en aperçoit même pas. Un de *ses* sourires
vaut mieux qu'un monde d'adorateurs. Ils sont les adora-

teurs des étoiles ; mais *elle*, est le ciel que les étoiles éclairent!

*

Et c'est pourquoi, aux heures de délices de cette belle fête, *Nourmahal* s'est retiré à l'écart, dans son jardin, n'ayant à ses côtés, pour la soutenir et la consoler, que cette inspirée et merveilleuse jeune fille, *Namouna,* l'enchanteresse, *Namouna* sur qui, depuis sa naissance, un soleil doré a brillé pendant des années dont nul ne sait le nombre, sans que son front charmant ait jamais paru moins jeune ou moins beau. Ainsi que le vent d'Ouest raffraîchit les fleurs qu'il caresse de son souffle, ainsi l'aile du temps l'a touchée pour la rendre plus aimable. Cependant, un peu de tristesse est dans son sourire, et souvent, quand elle chante ou parle des autres mondes ; à l'étrange lumière qui s'échappe de ses yeux noirs, on croirait que ni l'homme, ni cette terre n'ont pris part à la naissance de *Namouna.*

Tous les charmes, tous les talismans lui sont connus, depuis le grand Mautra qui commande aux esprits sublimes de l'air jusqu'aux pierres d'or d'Afrique, attachées aux bras de l'Arabe nomade pour le garantir des embûches de Seltim. Et elle a engagé son art, avec un cœur qui connaît, bien qu'appartenant à une plus haute sphère, la douleur d'un si cher amour perdu, elle a engagé son art à la recherche d'un charme capable de reconquérir à *Nourmahal* le sourire de son *Sélim!*

Il est minuit. A travers les treillis entrelacés de chèvre-feuille, bien des plantes s'éveillent pendant que d'autres s'endorment, et les boutons du timide jasmin, qui ont concentré leur parfum pendant le jour, découvrent à tous les zéphirs, qui les caressent, leur délicieux secret.

Alors, s'exprime ainsi *Namouna* : « Voici l'heure qui répand ses enchantements sur les herbes et les fleurs. Une guirlande pourrait être tressée, maintenant, qui, enlacée au front d'un dormeur, remplirait son sommeil de rêves, de délices, de vues éblouissantes et de miracles semblables à ceux que les génies du soleil aperçoivent, le soir, à l'horizon, de leurs tentes dorées, quand ils jouent jusqu'au crépuscule, et qu'ils voient, peu à peu, et rayon par rayon, se fondre et disparaître leur maison enchantée. Maintenant un chapelet pourrait être fait de bourgeons, sur lesquels la lune a soupiré, et qui, porté par celle que l'amour a délaissée, ferait descendre des cieux une Péri, quelque doux esprit dont l'âme est faite de parfums de fleurs et de soupirs d'amants; et, alors, qui pourrait dire ! »

*

— « Pour moi, pour moi », s'écria *Nourmahal* avec impatience, « oh tresse cette guirlande, pour moi, cette nuit ! ».
— Aussitôt, rapide, et d'un pied léger comme celui d'un jeune faon sauvage, elle s'élance pour cueillir toute feuille brillante, s'ouvrant pour recevoir les rayons de la lune : les anémones, les *mers d'or* (*e*) et les nouveaux lys de la rivière, et ces gentilles petites fleurs qui entr'ouvrent leurs boutons dans le carquois de *Camadeva* (*f*), la rose-tube, aux rebords argentés, qui dans les jardins de Malavie est appelée la maîtresse de la nuit, semblable à la fiancée qui se pare et se parfume, pour sortir après le coucher du soleil, des amaranthes, comme celles dont les jeunes filles ornent

leur front sous les ombrages de Zamara (*g*), et la blanche fleur de la lune, telle qu'elle se montre sur les rochers élevés de *Sérendib*, à ceux qui, le soir, dirigent leur barque, près de l'île, respirant, dans la brise, les parfums du giroflier; bref, toutes les fleurs et toutes les plantes, depuis l'arbre divin, *Amrita*, qui fait la joie des habitants du ciel, avec ses fruits d'immortalité, jusqu'au *basil* qui incline ses boutons embaumés sur les tombeaux, et jusqu'à l'humble *rose mary* dont les doux parfums réjouissent le désert; tout fleurit là, dans ce jardin; et tout est cueilli par la jeune *Nourmahal*, qui entasse fleurs et feuilles dans ses paniers, jusqu'à ce qu'ils n'en puissent plus contenir; après quoi courant à *Namouna*, elle fait pleuvoir sur son sein la brillante moisson.

✻

Avec quelles délices l'enchanteresse reçut tant de fleurs imprégnées de la rosée et des rayons de cette heure bénie! Son regard exprima quelque chose de supérieur à toute joie mortelle, lorsque, dans un saint ravissement, elle s'inclina sur ces trésors de parfums, se courbant comme pour les voir et pour mêler son âme à leurs émanations embaumées. Et c'était, en vérité, du parfum des fleurs qu'elle soutenait sa magique existence; et jamais on ne l'avait vue toucher à quelque aliment mortel, ou plonger ses lèvres dans un autre breuvage terrestre que la rosée du matin. Maintenant, rafraîchie et pénétrée de ces émanations qui l'inspirent, l'enchanteresse commence son charme; et elle tisse et enlace les feuilles brillantes, suivant un mode mystique, en chantant ainsi:

✻

« Je connais le lieu où habitent les visions ailées qui jouent autour de la couche de nuit; je connais les plantes et les calices des fleurs qui cachent leurs ailes pendant le jour; Hâtons-nous, jeunes filles, de tresser notre guirlande; Demain verra les rêves et les fleurs se flétrir. »

« L'image de l'amour qui vient, pendant la nuit, visiter la timide jeune fille, sort furtivement de la fleur de jasmin qui soupire, comme elle, son âme dans l'ombre. L'espoir, en rêve, de jours plus heureux, qui dissipe la tristesse et éclaire le front, s'élance de la fleur argentée de l'amandier qui fleurit sur un branchage dépouillé! Hâtons-nous, donc, jeune fille, de tresser notre guirlande ; Demain verra les rêves et les fleurs se flétrir. »

« Les visions, que l'éclat des mines fait passer souvent, sous les yeux mondains, habitent l'herbe des montagnes qui donne la teinte de l'or aux dents du faon.

« Ne touchez pas aux fantastiques formes qui font pâlir le meurtrier d'effroi; elles sont cachées dans la tige sensuelle de la Mandragore qui crie quand on la cueille de nuit! Hâtons-nous, donc, jeune fille, de tresser notre guirlande; Demain verra les rêves et les fleurs se flétrir. »

« Le rêve d'un esprit patient aux outrages, qui sourit au mal que lui font les hommes, se trouve dans l'écorce déchirée et broyée, bien plus douce, alors, du cannellier! Hâtons-nous donc, jeune fille, de tresser notre guirlande; Demain verra les rêves et les fleurs se flétrir. »

✱

Aussitôt que la couronne de fleurs fut placée sur sa tête, le sommeil descendit doucement, comme tombe une nuit d'été, sur les paupières de *Nourmahal;* rempli de douces et

26

riches harmonies, un léger bruit pénétra dans son oreille,
s'enflant, peu à peu, comme un premier soupir du matin,
pareil au doux murmure qu'on entend dans les coquilles à
spirale des bords de la mer Rouge, où, autrefois, l'amour
lui-même s'endormit. Et, maintenant, elle voit un esprit
formé, semble-t-il, d'harmonie et de lumière! Si beaux sont
ses traits, et si brillant et si doux est le son que rendent ses
ailes quand elles agitent l'air! Et il chante ainsi:

— « De l'harmonieuse fontaine de Chindara (*h*) je viens
ici, appelé par le charme de cette guirlande du clair de lune;
je viens de la fontaine de *Chindara* où jour et nuit je vis
dans la musique; où l'on entend les luths résonner dans les
airs, et des voix chantant tout le jour; où tous les soupirs
du cœur que murmurent les lèvres sont changés aussitôt
en chants harmonieux. Ici, je viens de mon beau palais; et
s'il est une magie dans mes accords, j'en jure, par les parfums
de cette tresse du clair de lune, ton amant viendra bientôt
soupirer de nouveau à tes pieds. »

« — C'est à moi, la chanson légère qui flotte dans l'air;
c'est à moi, le murmure de la note mourante qui tombe
douce, comme la neige sur la mer, et fond dans le cœur à
l'instant où elle le touche; et à moi, les accents passionnés
et pénétrants qui agitent un sein troublé; ainsi un vent
embaumé, soufflant sur les eaux, soulève les vagues, en se
calmant lui-même. C'est à moi, le charme dont les esprits des
plaisirs passés suivent la puissante et magique impulsion.
Laisse seulement résonner l'harmonieux talisman, et ils
reviendront, comme les génies qui errent dans les airs, autour de lui! C'est à moi, le chant suave qui va, portant d'une
âme à une âme, les soupirs de l'amour, comme l'oiseau qui,
à travers les airs, emporte d'un bosquet à un autre bosquet

les semences du cannellier. C'est moi qui mêle dans une douce mesure les joies du passé, du présent, de l'avenir, quand la mémoire unit le son qui a fui à la note qui fait vibrer l'ouïe de bonheur, et le céleste espoir d'une harmonie qui s'en va à l'espérance plus céleste de l'harmonie qui approche.

« Le cœur du guerrier, quand je le touche, s'adoucit et devient aussi souple que la blanche plume qui s'agite sur sa tête au milieu des combats. Et, quel éclat plus vif dans les yeux de la Beauté, quand la musique a pénétré au fond de son âme ; alors, elle est pareille à l'étoile silencieuse scintillant dans l'immensité, et prêtant l'oreille aux cieux qui déroulent leurs éternelles mélodies !

> Je viens donc ici,
> De mon beau palais,

« Et s'il est une magie dans mes accords, j'en jure, par les parfums de cette tresse du clair de lune, ton amant viendra bientôt soupirer encore à tes pieds ! »

✳

C'est l'aube maintenant, l'aube première dont l'éclat brille un instant et disparaît, comme si le matin, après son réveil, laissait encore une fois se clore ses lumineuses paupières. Et *Nourmahal* est là, essayant les merveilles de son luth dont les cordes, oh bonheur ! résonnent comme le soupir des ailes de ce délicieux esprit ; et puis, d'une voix qui n'est plus humaine : Jamais, jusqu'à présent, il n'avait été accordé à lèvres mortelles d'émettre des notes célestes comme les soupirs des anges. Elle s'écrie : « Oh ! que cela dure, au moins, jusqu'à ce soir ! et il est mien, plus que

jamals! Et, d'heure en heure, elle renouvelle son chant, si
craintive elle est de voir s'évanouir, avant le soir, le charme
céleste, tant les choses célestes passent rapidement! Mais
loin de s'évanouir, le charme grandit, devient plus riche,
plus divin; et, ravie, elle appuie sur chaque corde; et les sons
coulent et se prolongent, comme Écho, épris d'amour pour
son propre chant, qu'il écoute, étonné, éperdu, languis-
sant!

*

Ce soir-là, espérant que le jeu, *la coupe* et la musique
dissiperaient les peines de l'amour, l'impérial *Sélim* donnait
une fête dans son magnifique *Shalimar* dont les salons,
aussitôt que la première étoile du soir scintilla sur les eaux,
réunit les plus aimables créatures de la vallée, toutes brillantes, semblables à des visions glissant à travers le feuillage.
Le Harem est éblouissant de tant de beaux sourires: les
jeunes filles de l'Occident, avec leurs chevelures dorées, et
celles des jardins du Nil, délicates comme leurs roses; les
filles d'amour des rochers de *Cyprus*, avec leurs chaînes en
diamants de Paphos; des formes de Péri légères comme les
êtres aériens qui habitent les prairies d'or de *Candahar* et
celles dont les yeux langoureux, au fond des bosquets du
Kathay, voient briller tant de *papillons-arc-en-ciel*, qu'on
croirait qu'un pouvoir magique a donné des ailes à toutes
les fleurs qui les entourent; tout ce qui est jeune, tout ce
qui est beau, venu de l'Occident, venu de l'Orient. Tout est
là, excepté, oh excepté toi, *Nourmahal!* Toi, la plus aimable
et la plus aimée, toi, dont le sourire est le seul qui charme
dans un monde de sourires, toi, dont la lumière est au
milieu de tant de lumières, comme l'étoile qui, dans les

nuits étoilées, seule, est suivie des yeux par le marin
qu'elle conduit au port!

☀

Tu n'es pas là. — Ainsi pensait Sélim; et tout lui paraissait triste sans toi. Mais si! tu es là; tu es là, inconnue et te mêlant à une troupe de joueuses de luth, venues
de bien des lieux divers, tu as porté jusqu'ici ton chant
magique, sous un voile pareil à celui sous lequel les jeunes
filles arabes cachent leurs traits, démasquant un seul œil,
pour conserver à l'autre plus de puissance. Elle était là, le
cœur palpitant, errant d'un lieu à l'autre, attendant, émue,
l'instant où elle pourrait essayer si son luth avait conservé
sa magie.

☀

Les tables sont couvertes de fruits et de vins: grappes
dorées comme celles qui brillent sur les collines de *Cashin*,
les grenades remplies de doux grains fondants, et les
poires et les pommes que *Canbul* conserve dans ses jardins,
et les fruits pleins de nectar, les mangots gris et dorés de
la Malaisie (*i*); les prunes de *Bokara*, et les douces noix des
bois lointains de *Samarcande*; les dates de *Basra* et les abri-
cots, semence du soleil, de la terre d'Iran, puis les douces
conserves des cerises de Visna, des fleurs d'oranger et de
ces amandes que les jeunes gazelles broutent dans les
plaines rocheuses d'Erac.

Et tous ces fruits exquis s'étalent dans les plus riches
vases, dans des paniers de pur bois de Sandal, dans des
urnes de porcelaine venues de l'île disparue sous les flots

de l'Océan Indien, et d'où l'heureux plongeur ramène souvent à la surface, des vases faits pour briller aux banquets
des rois (*j*).

Les vins de toutes nuances et de tous climats font briller
leur lustre liquide : l'ambre Rosolli, la brillante rosée qui
coule des vignes de la mer verte, le vin de Shiraz étincel-
lent de toute part, comme si le rubis, ce rare joyau pour
lequel Kublai-Chan offrit les richesses d'une ville, rougissait,
fondu dans tous les verres !

Et amplement, Sélim boit de tous ces vins, semblant
résolu à en faire si bien pénétrer les flots jusqu'au fond de
son cœur, qu'il n'y restera pas une place non submergée par
le déluge dont il l'inonde où l'amour puisse encore reposer
ses ailes. Il ne sait pas que le céleste enfant peut flotter sur
les courants qui s'échappent de la coupe en les éclairant de
son sourire joyeux. Et des bardes l'ont vu dans leurs rêves
se laissant dériver, au courant du Gange bleu, sur une
guirlande de roses de lotus, riant et illuminant les flots
d'un plus vif éclat !

*

Mais que vaut la coupe sans le secours du chant pour
mieux faire goûter l'enivrante liqueur ? Aussi voyez ; une
aimable jeune Georgienne s'avance, éblouissante comme les
filles de ce pays, quand elles ont rafraîchi leur beauté aux
bains chauds de Teflis. Et voyez ces yeux aux rayons sans
repos, brillants, noirs et pleins de promesses ! Oh ! que celui
qui connaît la faiblesse de son cœur prie le ciel de le pré-
server de tels regards ! Avec une négligence voluptueuse
elle fait courir sa main de neige sur les cordes de son
syrinda et chante ainsi :

— « Viens ici, viens ici. De nuit et de jour nous goûte-
rons des plaisirs qui ne finissent jamais. Comme en été,
quand la vague s'endort, une vague aussi douce lui succède
et étincelle à sa suite, sur la rive; ainsi l'amour en expirant
donne naissance à un nouvel amour ardent et, comme lui,
d'un bonheur sans égal. Oh! s'il est un Elysée sur terre,
c'est celui-ci; c'est celui-ci! »

*

— « Ici, les jeunes filles soupirent, et leurs soupirs
embaument comme la fleur d'*Amra* que l'abeille vient d'entr'ouvrir. Et leurs larmes sont précieuses comme cette
pluie qui, tombée du ciel, se change en perles au sein de la
mer. Pense au prix du baiser et du sourire quand soupir et
sourire contiennent tant de bonheur; et avoue que s'il est
un Elysée sur terre, c'est celui-ci; c'est celui-ci!

*

« Ici brille le nectar qui, versé par l'amour, put autrefois
ravir les anges à leurs sphères. Pour les vins de ce monde
ils abandonnèrent les fontaines d'en haut, et oublièrent les
cieux pour les yeux que nous possédons, enivrés des parfums que nous versent nos coupes. Quel esprit renoncerait
aux charmes de cet Eden! Oh oui! s'il est un Elysée sur
terre, il est ici; il est ici!

*

Le chant Georgien expirait à peine lorsque, avec la même
mesure et note par note, un autre luth, sur le même air, pré-

luda par des soupirs si suaves, si divins que tous, frappés
d'étonnement, se retournèrent, cherchant tout autour dans
les airs, comme s'ils espéraient y voir les ailes de l'ange
Israfil (*k*), si puissamment leur âme était émue, ravie par
les nouveaux accords. En même temps, douce comme les
notes du luth enchanté, fut entendue une voix si bien enla-
çant et unissant ses accents aux notes de l'instrument, qu'on
ne pouvait dire lequel du luth ou de la voix était plus merveilleux et divin !

*

« Il est un bonheur au-dessus de tout ce que la musique
a le pouvoir d'exprimer quand, dans un lien céleste, d'un
cœur qui ne change jamais, d'un front que rien jamais
n'assombrit, deux êtres font un seul être, s'aimant à travers tous les maux, s'aimant jusqu'à la mort ! Une heure
écoulée dans une aussi sainte passion vaut mieux que tous
les siècles de plaisirs passagers où le cœur n'a pas de part.
Oh ! s'il est un Elysée sur terre, il est ici, il est ici ! »

*

Ce n'était pas l'air, ce n'étaient pas les paroles, c'était la
magie de l'instrument et des lèvres qui donnait à cette
musique une puissance telle qu'on n'en avait pas encore
connu de pareille. Cent voix à la fois s'écrièrent : C'est la
jeune Arabe masquée ! Cependant *Sélim* qui, plus que tous,
avait senti le charme, sortant du ravissement où il était
plongé, agita vivement les mains pour faire continuer :

*

— Fuyons au désert, oh! fuis avec moi!
Pour toi, la tente arabe est grossière;
Mais le cœur peut-il douter dans son choix:
L'amour sous la tente ou le trône sans amour?

*

« Nos rochers sont sauvages, mais l'acacia balance, en souriant, sa chevelure dorée, solitaire et suave, et l'amour n'a pas moins de charmes pour fleurir dans la solitude!

Nos sables sont arides; mais sur leurs pentes, l'antilope, aux pieds d'argent, s'élance joyeux avec autant de grâce que sur le marbre des galeries royales. »

*

« Viens donc, ta jeune Arabe sera l'acacia solitaire et aimé, l'antilope, dont les pieds feront de leurs légers bruits le charme de tes jours! »

*

« Oh! Il est des regards et des accents qui font briller sur le cœur une lumière telle que l'âme cherche à la perpétuer pour en faire le trésor de sa vie, comme si les lèvres et les yeux destinés à exprimer les soupirs devaient, sans jamais être oubliés, sans cesse parler et briller devant nous! »

*

« Ainsi firent ton regard et ta voix, quand ils ont sur moi brillé et soupiré pour la première fois; trésors nouveaux,

27

donnés par d'autres cieux, aussi bienvenus, aimés depuis longues années ! »

*

« Fuis donc avec moi, si tu n'as pas connu d'autre flamme, si tu n'as point repoussé en trahison le diamant que tu avais juré de garder toujours sur ton cœur. »

*

« Viens ; si l'amour que tu as pour moi est pur comme celui que je te conserve, pur comme la source, au moment où elle va s'élancer du sol, quand le vanneau la découvre. »

*

« Mais si tu m'oublies pour une autre jeune fille, si tu renverses de ton piédestal l'image adorée pour la placer au milieu des ruines. »

*

« Alors, adieu à toi. J'aimerais mieux prendre pour ma couche un lac de glace, quand le dégel va commencer, que de me confier à un amour faux comme le tien ! »

*

Il respirait dans ce chant une passion qui, même sans les enchantements de l'art, aurait, à l'instant, trouvé le chemin du cœur enflammé de Sélim ; mais l'entendant soupirer sur

un ton inconnu à tous les luths et à toutes les lèvres de la
terre, chaque corde vibrant au contact du génie même de la
musique, Selim se leva, ébloui; et lançant la coupe qu'il
avait tenu élevée à la main sans y goûter, comme si elle
était immobilisée par un enchanteur, nommant celle que
de si longtemps il n'avait pas nommée, il n'avait pas vue, il
s'écria follement :

— Oh! *Nourmahal, Nourmahal*! Si tu avais seulement
chanté ce magique refrain, je pourrais tout oublier; je par-
donnerais tout, et ne laisserais plus jamais tes yeux loin de
moi !

*

Le masque est jeté; le charme a opéré; et Sélim a pressé
sur son cœur, dans les plus doux ravissements, sa *Nourmahal*, sa lumière du Harem. Et, bien loin, ont fui les froncements de sourcils devant l'éclat des doux regards; et plus
cher semble chaque naissant sourire, parce que pendant
quelque temps il a été privé de leur lumière; et plus heureux, il s'enivre de chaque soupir, pendant qu'elle repose sa
tête sur ses bras et qu'elle murmure, en riant des yeux :
Souviens-toi, Amour, de la fête des Roses !

ADLADEEN, à la fin de cette légère rapsodie, résuma ses opinions sur la poésie du jeune Cachemirien dont, il l'espérait bien, on avait, ce soir-là, entendu la dernière. Après avoir récapitulé les épithètes : frivole, insignifiante, discordante, il commença en disant que vue, sous le jour le plus favorable, elle ressemblait à une de ces boîtes de Moldavie auxquelles la Princesse avait fait allusion dans la relation de son rêve, — une barque frêle et dorée lancée à la dérive, sans lest et sans gouvernail, n'ayant à bord que des bonbons insipides et des fleurs flétries. — En vérité, la profusion de fleurs et d'oiseaux que le poëte avait à sa disposition, en toute occasion, sans compter les rosées, les pierres précieuses, était par trop opulente pour les oreilles de ses auditeurs ; elle avait le malheureux effet de donner à son style le brillant d'un parterre, sans son arrangement, et l'agitation d'une volière, sans les chants. Ajoutez que ses sujets étaient toujours mal choisis et inspirés par ce qu'il y avait de pire : — Les charmes du paganisme, les mérites de la rébellion : voilà les thèmes favorisés particulièrement de son enthousiasme ; et, dans le dernier poème, un des passages les plus goûtés était à la louange de ce breuvage des infidèles : le vin, « étant peut-être », dit-il (réprimant ici un sourire comme ayant sur ce point connaissance de ses propres habitudes dans son Harem) un de ces bardes dont l'imagination doit tout son brillant à la grappe, comme cette porcelaine peinte, si curieuse et si rare, dont les images ne sont visibles que quand elles sont remplies de liqueur. » — Au résumé, d'après les spécimens qu'on avait entendus, et qui, d'après lui, étaient la partie la plus fatigante du voyage, son opinion était que, mettant à part les autres mérites de ce jeune *gentleman* bien vêtu, la poésie n'était pas sa vocation ; « et en vérité », conclut le critique, « d'après sa tendresse pour les fleurs et les oiseaux, il croyait pouvoir suggérer que l'état d'oiseleur ou de fleuriste lui conviendrait beaucoup mieux ».

On avait commencé, maintenant, l'ascension de ces montagnes arides qui séparent Cachemire du reste de l'Inde; et comme les chaleurs étaient intolérables et les heures de campement réduites au temps nécessaire pour les rafraîchissements et le repos, il n'y avait plus de ces délicieuses soirées, et *Lalla-Rookh* ne vit plus *Feramorz*. Elle sentait maintenant s'évanouir son court rêve de bonheur, et pensait qu'elle ne conserverait plus que le souvenir de ces heures bénies : souvenir semblable au breuvage que le chameau conserve en lui au milieu du désert, unique rosée capable de rafraîchir son cœur, à travers le désert désolé de la vie qui s'ouvrait devant elle. Le vent qui avait passé sur son âme trouva bien vite son chemin jusqu'à son visage, et ses Dames virent avec regret — non sans quelque soupçon de la cause — que la beauté de leur maîtresse dont elles étaient presque aussi fières que de la leur, tendait à disparaître à mesure qu'on approchait de l'heure où elle lui serait plus nécessaire. — Quels seraient les sentiments du roi de Bucharie, lorsque, au lieu de la vive et belle *Lalla-Rookh*, dont les poètes de Delhi avaient décrit les perfections, comme les plus divines des beautés de la maison d'Azor, il recevrait une victime, pâle, sans vie, n'ayant sur les joues, ni plaisir, ni santé, dont l'amour aurait fui les yeux, pour se cacher dans son cœur !

Si quelque chose avait pu chasser la mélancolie de son âme c'eût été l'air embaumé et les scènes ravissantes de cette vallée que les Persans ont justement appelée *la Sans égale*. Mais ni la fraîcheur de l'atmosphère, si agréable après tant de fatigues supportées au passage de ces brûlantes montagnes, ni la splendeur des minarets et des pagodes brillant au-dessus des bois, ni les grottes, ni les ermitages, ni les fontaines qui rendent sacrés tous les points de cette région, ni les innombrables chutes d'eau, qui courent à travers la vallée, descendant de tous côtés, des hautes et pittoresques montagnes qui l'entourent, ni la belle cité sur le lac, dont les maisons couvertes de fleurs apparaissent, de loin, comme un immense et éblouissant parterre, ni toutes les merveilles de la plus belle contrée qu'éclaire le soleil, ne purent, pour une seule minute, arracher son cœur à ses tristes pensées, qui devenaient à chaque pas plus tristes et plus sombres.

Les pompeuses processions qui vinrent à sa rencontre, dans la vallée, et la magnificence avec laquelle les routes étaient décorées, faisaient honneur au goût et à la galanterie du Roi. Il était nuit, quand on approcha de la cité ; et, pendant les deux derniers milles, le cortège avait passé sous des arceaux, jetés d'une haie à l'autre, ornés de guirlandes, de ces roses rares et précieuses d'où est distillé l'*Altar-Gul*, et illuminés de lanternes aux triples couleurs, en écaille de la tortue de Pégu, rangées suivant les formes les plus riches et les plus fantastiques. Quelquefois, du fond d'un bois voisin des bords de la route éclatait, soudain, un feu d'artifice si éblouissant qu'un Brahmine aurait cru voir le bois du dieu des batailles s'embraser et couvrir de flammes ses ombres empourprées, comme au jour de sa naissance. Un autre moment, c'était une irradiation joyeuse et changeante éclairant, sur leur passage, champs et jardins, formant à l'horizon une ligne de lumières dansantes, comme ces météores du nord, aperçus quelquefois par les chasseurs qui poursuivent les renards blancs et bleus sur la mer de glace.

Ces arches et ces feux d'artifices réjouissaient beaucoup les dames de la princesse ; et, suivant leur logique habituelle, elles déduisaient de ce goût pour les illuminations que le roi de Bucharie ferait le meilleur mari du monde. Et, en vérité, *Lalla-Rookh*, elle-même, ne put s'empêcher d'être sensible à la splendeur avec laquelle son jeune fiancé l'accueillait ; mais elle sentit aussi combien est pénible la reconnaissance imposée par la bonté de ceux que nous ne pouvons aimer, quand leurs plus tendres cajoleries produisent sur le cœur une impression de douceur glaciale et mortelle, comme le vent froid et odoriférant qui soufflera sur la terre, dans les derniers jours.

Le mariage fut fixé au lendemain après l'arrivée ; et elle devait alors, pour la première fois, être présentée au monarque, dans le palais impérial d'au delà du lac, appelé le *Shalimar*. Quoique une nuit de veilles plus anxieuses n'ait jamais été passée dans l'heureuse vallée, cependant, quand elle se leva et se trouva le matin au milieu de ses suivantes, l'entourant pour l'orner des atours nuptiaux, celles-ci pensèrent que jamais elle n'avait paru moitié aussi belle. Quand elles

eurent teint ses doigts de la feuille du henna, et placé sur son front
une petite couronne de bijoux, façonnée suivant l'usage des anciennes
reines de Bucharie, elles l'enveloppèrent du voile nuptial, couleur de
rose. La princesse se dirigea alors vers la barque qui devait lui faire tra-
verser le lac, après avoir baisé l'amulette de cornaline que son père,
à son départ, avait suspendue à son cou.

Le matin était beau comme la jeune fille dont il venait éclairer les
noces ; et le lac brillait, tout couvert de bateaux. Les ménestrels,
jouant sur les rivages des îles, et les nombreuses habitations d'été, éparses
sur les collines environnantes, avec leurs bannières flottant au vent,
présentaient un tableau si gai, si animé, que celle-là seule, qui était
l'objet de la fête, en pouvait méconnaître les charmes. A *Lalla-Rookh*,
seule, cette pompe n'était que mélancolie ; et c'est à peine si elle y eût
porté son attention si, au milieu de la foule, elle n'avait pas espéré
apercevoir peut-être encore le regard de *Feramorz*. Son imagination
était saisie à tel point de cette pensée qu'il n'y avait pas un bois, un
îlot, un bateau élongé par sa barque, qu'elle ne se figurât qu'il était là.
Heureuse, à ses yeux, était la plus humble esclave sur laquelle tombait
la lumière de ses regards ! — Dans la barque venant immédiatement
après celle de la princesse était Fadladeen, dont les rideaux de soie, large-
ment ouverts, permettaient à tous de goûter la joie de son auguste présence. Il avait la tête pleine du discours qu'il devait adresser au roi,
« sur *Féramorz*, la littérature et le chabuk qui s'y rattachait. »

On était entré, maintenant, dans le canal qui conduit du lac aux
splendides dômes et salons du *Shalimar*, et la barque glissait à travers
des jardins, remplis de fleurs et de bourgeons qui parfumaient l'air ; au
milieu du canal, des jets d'eau légers, et non interrompus, s'élançaient si
haut qu'ils semblaient, au soleil, des colonnes de diamant. Après avoir
franchi les arches de nombreuses salles, ils atteignirent, enfin, la plus
magnifique, celle où le monarque attendait l'arrivée de sa fiancée.
Lalla-Rookh était si émue, telle était l'agitation et l'inquiétude de son
corps et de son cœur, qu'elle ne put gravir qu'avec difficulté les marches
de marbre recouvertes de drap d'or, où elle mit le pied, à la sortie de
la barque. Au bout de la salle se trouvaient deux trônes, riches comme

le trône bleu de *Koolburga* ; sur l'un était assis *Aliris,* le jeune roi de Bucharie ; sur l'autre allait s'asseoir la plus belle princesse du monde. — Aussitôt après son entrée dans le salon, le monarque descendit de son trône pour venir à sa rencontre ; mais à peine avait-il eu le temps de lui prendre la main qu'elle poussa un cri de surprise et tomba évanouie à ses pieds. — C'était *Féramorz,* lui-même, qui se trouvait devant elle ! *Féramorz* était, lui-même, le souverain de Bucharie, qui, après avoir accompagné sa fiancée, depuis Delhi, sous un déguisement, après avoir conquis son amour, comme un humble ménestrel, mérita, amplement depuis, d'en jouir comme roi.

La consternation de *Fadladeen,* à cette découverte, fut, pendant quelques instants, vraiment pitoyable. Mais changer d'opinion est une ressource trop en usage dans les cours, pour avoir été inconnue à ce courtisan expérimenté. — Ses critiques furent, à l'instant même, rétractées. Il fut saisi, pour les vers du roi, d'une admiration soudaine, aussi désintéressée qu'il la croyait sincère ; et, la semaine suivante, quand il se vit muni d'une place supplémentaire, il aurait juré par tous les saints de l'Islam que jamais il n'avait existé un aussi grand poète que le monarque *Aliris*; et il aurait prescrit son régime favori du chabuk, à tout homme, femme ou enfant, qui eut osé penser autrement.

Du bonheur du roi et de la reine de Bucharie, il n'est guère permis de douter après un tel commencement. Et parmi les moindres symptômes, on rappelle que *Lalla-Rookh,* en souvenir de cet heureux voyage, n'appela jamais le roi d'un autre nom que *Féramorz.*

NOTES DE LA LUMIÈRE DU HAREM

(*a*). Page 174. — Cette fête dure tout le temps que les roses fleurissent.

(*b*). Page 176. — Un vieux commentateur du Chon-King dit que King, charmé du bruit que faisait la vague en se brisant sur ses rivages, fit faire plusieurs instruments qui l'imitaient. (*Grosier*).

(*c*). Page 176. — Jéhanguire, fils d'Acbar.

(*d*). Page 179. — Dans le Tonkin il est un oiseau que ses chants très mélodieux ont fait nommer Oiseau Céleste. Son plumage, admirable quand il est au repos, perd tout son éclat dès qu'il déploie les ailes. (*Grosier*).

(*e*). Page 181. — L'Hemasagara ou mer d'or, aux fleurs dorées très éclatantes (*sir. W. Jones*).

(*f*). Page 181. — Camadeva, le dieu de l'amour.

(*g*). Page 182. — Ancien nom de Sumatra.

(*h*). Page 184. — Fontaine fabuleuse où l'on entend résonner des instruments (Richardson).

(*i*). Page 187. — Les mangots, le fruit le plus délicat du monde, l'orgueil des îles de la Malaisie. (Description de la Perse)!

(*j*). Page 188. — Mauri-ga-Sima. Ile près de Formose, d'après la tradition engloutie pour les crimes de ses habitants. Les plongeurs ramènent souvent, dans ces parages, des vases d'un très grand prix. (Kempfer).

(*k*). Page 190. — L'ange de la musique : Israfil.

FIN

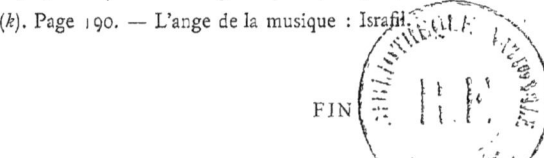

TABLE

—

EVREUX, IMPRIMERIE DE CHARLES HÉRISSEY

Ernest Leroux, éditeur, rue Bonaparte, 28.

CANOVAS DEL CASTILLO

LE THÉATRE ESPAGNOL
CONTEMPORAIN
Traduit par J.-G. MAGNABAL.

In-18, élzévir . . . . 3 fr. 50

CARMEN SYLVA
(S. M. la Reine de Roumanie).

CONTES DU PELECH
Traduits en français.

In-18, de luxe . . . . 5 fr.

PRINCESSE LISE TROUBETZKOÏ

HISTOIRE
DE LA FAMILLE TROUBETZKOÏ
Un volume in-4 de luxe, illustré de portraits et de médailles historiques. 25 fr.

LA LÉGENDE
DE MONTFORT LA CANE
Texte par le baron LUDOVIC DE VAUX
ILLUSTRATIONS EN COULEURS PAR PAUL CHARDIN

Un vol. in-4 de luxe, richement illustré en chromotypographie. 25 fr. »
Il a été tiré 20 exemplaires sur papier vélin à la cuve . . . . 50 fr. »
10 exemplaires sur papier japon impérial. . . . . 100 fr. »
Un étui élégant, en sus . . . . 2 fr. 50

CONTES RUSSES
TRADUITS D'APRÈS LES TEXTES ORIGINAUX
ET ILLUSTRÉS DE PLUS DE 200 DESSINS
Par Léon SICHLER

Un magnifique vol. grand in-4; couverture en chromotypographie, illus-
trations reproduisant les costumes, les monuments, les mœurs de la
Russie. . . . . 25 fr. »
Il a été tiré 20 exemplaires sur beau papier vélin à la cuve . . 40 fr. »
Un étui élégant, en sus . . . . 2 fr. 50

CENT PROVERBES JAPONAIS
TRADUITS ET PUBLIÉS
Par Francis STEENACKERS et Uéda TOKUNOSUKÉ

Un beau volume in-4, sur papier teinté fort, illustré de 200 dessins japonais,
tirés en noir et en couleur. . . . . 25 fr.

ÉVREUX, IMPRIMERIE DE CHARLES HÉRISSEY

www.ingramcontent.com/pod-product-compliance
Lightning Source LLC
Chambersburg PA
CBHW061445030726
47503CB00005B/1577